あなたも私も

久生十蘭

角川文庫
23693

角川文庫ベストセラー

吾輩は猫である　夏目漱石

苦沙弥先生に飼われる一匹の猫「吾輩」が観察する人間模様。ユーモアや風刺を交え、猫に託して展開される人間社会への痛烈な批判で、漱石の名を高からしめた。今なお爽快な共感を呼ぶ漱石処女作にして代表作。

坊っちゃん　夏目漱石

単純明快な江戸っ子の「おれ」（坊っちゃん）は、物理学校を卒業後、四国の中学校教師として赴任する。一本気な性格から様々な事件を起こし、また巻き込まれるが。欺瞞に満ちた社会への清新な反骨精神を描く。

草枕・二百十日　夏目漱石

俗世間から逃れて美の世界を描こうとする青年画家が、山路を越えた温泉宿で美しい女を知り、胸中にその念願を成就する。「非人情」な低徊趣味を鮮明にした漱石の初期代表作『草枕』他、『二百十日』の2編。

三四郎　夏目漱石

大学進学のため熊本から上京した小川三四郎にとって、見るもの聞くもの驚きの連続だった。女心も分からず、思い通りにはいかない。青年の不安と孤独、将来への夢を、学問と恋愛の中に描いた前期三部作第1作。

こころ　夏目漱石

遺書には、先生の過去が綴られていた。のちに妻とする下宿先のお嬢さんをめぐる、親友Kとの秘密だった。死に至る過程と、エゴイズム、世代意識を扱った、後期三部作の終曲にして、漱石文学の絶頂をなす作品。

近くの結核療養所にいるすごい美青年が、療後の足ならしに、ときどき遊びにくると、自慢らしく言っていた。

「夏がすんだって、面白いことは、あるにはあるのよ」

と思わせぶりなことを言っていたのは、このひとのことだったのにちがいない。

さぐりを入れてみる。

「おとなりの……方ですの」

青年は肩をすぼめるようにして、首をふった。

模範的な撫《な》で肩で、ポロ・シャツの袖付《そでつけ》の線が、へんなところまでさがっている。

「ご近所の方なのね」

療養所にいらっしゃる方、とはたずねなかったが、すなおに、青年は、はアとうなずいた。

「叔母が留守のことを知っていたので、おとなりへ遊びにいらしたというわけ？」

「ええ、ぶらぶら……」

これで、叔母が言っていたひとにきまった。

どう見ても、カブキの女形だ。

まだ新人だが、ファッション・モデルという商売柄、他人の服装やタイプに、ひとかどの意見をもっている。これも、そのひとつだが、肩の無い女形が洋服を着たときくらい、格好のつかないものはないと思っている。

美しいといわれるような男の顔を、サト子はむかしから好かない。人間のなかの不具者の部類で、わざわいをひきおこす不幸な偏《かたよ》り、というふうに、考えることにしている。

サト子が相手にしたいと望んでいるのは、中年以上のやつらで、こんな年ごろのヒヨッコではないが、遊んでもらいたいというのなら、交際《つきあ》ってやれないこともない。

「そんなところに立っていないで、こっちへいらしたらどう？　門のほうへ回るのはたいへんでしょう。そこからでもいいわ」

「よろしいですか？」

「跨《また》ぐなり、おし破るなり」

マサキの枝をおしまげて、ものやさしく入ってくるのだろうと思っていたら、意外な身軽さで、ヒョイと垣根を乗りこえた。

見事な登場ぶり……ランマンの芙蓉の花間《はなま》をすりぬけて、濡縁のそばまで来ると、

「お姉《ねえ》さま、握手」

と、肉の薄い手をさしのべた。

見かけよりは、腹のできた人物らしい。それならそれで面白い。サト子は気を入れて、あとで熱のでるほど固い握手をしてやった。

「叔母は熱海の方角へ行くと、なかなか帰って来ないのよ。こんな手でよかったら、ときどき、さわりにきてくださってもいいわ」

「ほんとうに、おひとりなんですか」

今更らしく、なにを言う。どうやら、たいへんなテレ屋らしい。

「ごらんのとおりよ。おあがんなさい、ジュースでも飲みましょう」

濡縁に足跡をつけながら座敷にあがってくると、青年は縁端《えんはな》に近いところに畏《かしこま》ってすわった。

「あたし、水上サト子……あなた、なんておっしゃるの」

青年はシナをつくりながら、甘ったれた声でこたえた。

「ぼくの名なんか……」

「古風なことを言うわね。名前ぐらい、おっしゃいよ」

「でも……」

こういうハニカミは、育ちのいいひとがよくやる。病気のせいも、あるのかもしれない。

サト子は、それで見なおした気になり、美しすぎる顔も、さっきほどには嫌《いや》でなくなった。

「ジュースは、オレンジ？　それとも、グレープ？」

「どちらでも」

冷蔵庫のあるほうへ立ちかけたとき、玄関の玉砂利を踏んでくる靴の音がきこえた。

「しようがねえな、玄関を開けっぱなしにして……」

そんなことを言っている。

中腰になって聞き耳を立てていると、玄関の客は癇癪《かんしゃく》をおこしたような声で呼んだ。

「由良さん……由良さん……どなたも、いらっしゃらないんですか」

サト子は、座敷から怒鳴りかえした。

「居りますよッ……聞えていますから、そんな大きな声をださないでください」

青年はモジモジしながら、腰をあげかけた。

「お客さまですね？　ぼく失礼します」

「押売りでしょう、たぶん」

「もし、お客さまでしたら、朝から、ずっとここにいたと、言ってくださいませんか」

「一年も前から、ここにいたと、言ってあげるわ」

サト子が玄関へ出てみると、近くの派出所で見かける警官が、意気ごんだ顔でタタキに立っていた。

「こりゃ、失礼しました。お留守だと思ったもんだから……むこうの山側の久慈さんの家へ、空巣《あきす》がはいりましてね。光明寺のほうへは出なかったから、このへんにモグリこんでいるんだろうと思うんです。お庭へはいって見ても、よろしいでしょうか」

「かまいませんとも……むこうの木戸から」

「ちょっと、失礼します」

警官は西側の木戸をあけると、地境の垣根のほうへ駆けて行った。

隣の地内の奥まったあたりで、竹藪《たけやぶ》を薙《な》ぎたてるような音がしていたが、そのうちに、よく通る声で、だれかがこちらへ呼びかけた。

「おうい、中原……」

垣根の裾《すそ》にしゃがんでいた警官は、緊張したようすでツイと立ちあがった。

「ここにいる」

「そこの藪つづきから、飛びだすかもしれないから、気をつけろ」

「オッケー」

こちらの警官は、機械的に拳銃のある腰のあたりへ手をやった。

「お邪魔します」

また一人やってきた。

玄関のわき枝折戸《しおりど》を開けてはいってくると、いきなり庭の端まで行って、下の海を見おろした。

前庭の端は二十尺ほどの崖《がけ》になり、石段で庭からすぐ海へおりられるようになっている。

サト子は、広縁の籐椅子から声をかけた。

「そんなほうにも、空巣がいるんですか」

人のよさそうな中年の私服は、こちらへ顔をむけかえると、底意のある目つきで、青年のほうをジロジロながめながら、

「コソ泥が、このへんから海へ飛びこんで逃げたことがあります……むこうの和賀江の岬《みさき》の鼻をまわって、小坪へあがるつもりだったらしいが、泳ぎ切れずに、溺《おぼ》れて死にました」

言いまわしのなかに、なにかを嗅《か》ぎつけたひとの、うさんくさい調子があった。

「えらい騒ぎね。いったい、なにを盗んだんです?」

「この春から、もう二十回ぐらい、このへんの家を荒しまわっているやつなんで、けっして、はいったところから出て来ない。このへんは、垣根ひとつで庭つづきみたいになっているので、あっちからこっちと、垣根を越えて、とんでもないほうへ抜けて行くもんだから……」

「おうかがいしますが、このへんへ飛びこんでくると、やはり拳銃で撃つんですか」

「あくまで逃げようとすれば、撃つこともあります」

「そんな騒ぎをするなら、よそでやっていただきたいわ。すみませんけど、むこうのひとたちに、そう言ってください」

「ごもっともです。そう言いましょう」

「それは、どんなひとなの？」

「チンピラです。灰色のポロ・シャツを着ていたというんですが……」

サト子は、むこうの縁端に畏っている青年のほうを、指でさした。

「灰色のポロ・シャツを着たチンピラなら、あそこにもひとりいるわ」

庭先に立ったまま、私服は探るように青年の顔をながめていたが、

「いやア」

と笑い流し、西側の木戸から、みなのいる地境へ行くと、こちらへ尻目つかいをしながら、頭をよせあって、なにか相談しだした。

空巣の青年は、追いつめられたけだもののような、あわれなようすになって、むこうの玄関につづく広廊のほうへ、うろうろと視線を走らせた。

警官たちは感づいている。いま逃げだしたりしたら、遠慮なく撃たれるだろう。美しすぎる面ざしをした、ひ弱い青年が、胸から血をだして死んでいく光景を見るのは、ありがたいというようなことではない。

サト子は、籐椅子から立ちあがると、なにげないふうに青年のそばへ行って坐った。

「あなたは相当な人物なのね、見かけはやさしそうだけど……」

「…………」

「この春から、ずいぶん、かせいだらしいわ」

青年は、はげしい否定の身ぶりをした。

「それは、ぼくじゃありません」

「でも、久慈という家へはいりこんだのは、あなたなんでしょう」

青年は、うなずくと、低く首を垂れた。

バカげたようすをするので、腹をたてて、サト子が叱りつけた。

「向うで見ている……顔をあげなさい」

青年は顔をあげると、涙に濡れた大きな目で、サト子の顔を見返した。

「つかまったら、空巣にはいったというつもりでした……でも、ほんとうに、ぼくは空巣じゃないんです」

「そんなら、あのひとたちにそう言うといいわ。悪いことをしたのでなかったら、恐がらなくともいいでしょう？」

「ぼくがそう言うと、あのひとたちは、では、なにをしにはいったと聞くでしょう……ぼくには、それが言えないんです。それを言うくらいなら、死んだほうがましです」

「そんな声をだすと、あたしが同情するだろうと思うなら、見当ちがいよ。あなたを庇《かば》ってあげる義理なんか、ないんだから」

「でも、さっき……」

「約束だから、朝からここにいたと言ってあげますが、それ以上のことは、ごめんだわ」

「ぼくが、なにをしにあの家へはいったか、知ってくだすったら……」

「もう結構。じぶんでしたことは、じぶんで始末をつけるものよ」

青年は、海の見えるほうへ顔をそむけながら、

「ぼくは、もう死ぬほかはない」

と、つぶやくように、言った。

打合せがすんだのだとみえて、三人の警官が、まっすぐに濡縁のほうへやってきた。

「すみません、水を、いっぱい……」

もう一人の警官が、言った。

「ついでに、私にも……失礼して、ここへ掛けさせていただくべえ」

しゃくったような言いかたが、サト子の癇《かん》にさわった。

「お水なら、井戸へ行って、自由にお飲みになっていいのよ」

「はア、すみません」

一人が濡縁に腰をおろすと、あとの二人も、狭いところへ押しあって掛けた。

「お嬢さん、失礼ですが、あなたは由良さんの……」

「由良は叔母です。あたし留守居よ」

若い警官は、青年の居るほうを顎《あご》でしゃくりながら、間をおかずに切りこんできた。

「それで、こちらの方は？」

サト子は、鼻にかかった声で、はぐらかしにかかった。

「そんなことまで、言わなくっちゃ、いけないんですの？」

警官は苦笑しながら、うなずいた。

「つまり、ボーイ・フレンドってわけですか」

そうだと言えば、あとでむずかしいことになる。サト子は、あいまいに笑ってみせた。

青年が、すらりと座から立った。

「水なら、ぼくが汲んできてあげましょう」

口笛を吹きながら、勝手のほうへ行ったが、なかなか帰って来ない。

そのうちに、中年の私服の額に、暗い稲妻のようなものが走った。

はじまったと思うより早く、三人の警官は一斉に立ちあがって、木戸口から前庭のほうへ走りだした。

まっさきに崖端《がけはな》へ行きついた警官が、海のほうを見ながら叫んだ。

「あんなところを泳いでいる」

「やア、飛んだか」

そんなことを言いながら、海につづく石段を、ひとかたまりになってドタドタと降りて行った。

サト子は、つられて庭の端まで出てみた。

むこうの海……砲台下の澗《ま》になったところを、苦しみながら、青年が泳いでいる。

「おうい、小坪まで泳ぐ気かよ」

「死ぬぞ、ひきかえせ」

青年は、こちらへ顔をむけかえたが、もう帰ってくることはできなかった。いそがしく浮き沈みし、二三度、手で水を叩いたと思うと、あっ気なく海のなかへ沈みこんでしまった。

岩端の波のうちかえすところに、青年の灰色のポロ・シャツが、大きなクラゲのようになって浮いていた。

「空巣くらいで、死ぬことはなかろうに」

中年の私服は、沈んだ顔つきで、海からポロ・シャツをひきあげた。

「バカな野郎だ」

月の光で

サト子が、石段を駆けおりて、磯の波うちぎわへ行くと、中年の刑事が、苦々しい口調でつぶやいた。

「かわいそうなことをした」

サト子は、カッとなって、私服の前へ行った。

「あたしが殺したとでも、言ってるみたい」

「あなたが、どうだと言ってるんじゃない。あのとき、われわれに協力してくれたら、殺さなくとも、すんでいたろう、ということです」

若いほうの警官が、サト子を睨《にら》みつけながら、憎らしそうに言った。

「空巣だけなら、十犯かさねたって、死刑になることはないからな」

「だから、そう言ったでしょう。灰色のポロ・シャツを着たチンピラなら、ここにもひとり居るって……あなたたち、相手にもしなかったじゃ、ありませんか」

もう一人の警官が息巻《いきま》いた。

「だいたい君は、ひとをバカにしているよ」

サト子は、笑いながら、言った。

「あなた、なにを怒っているんです？」

「空巣を庇《かば》うなんてことが、あるか、てんだ」

「失礼ですけど、庇ったりしたおぼえはないわ」

「あの男は、生垣を乗りこえてはいって来た。君は怪しいとも思わなかったのか」

「そこのところが、ちょっと、ちがうの。あのひとは垣根を乗りこえたりしませんでした。おはいりなさいって誘ったのは、あたしだったのよ」

「なんのために？」

「おとなりの方だと思ったからよ。おかしなことなんか、なにもないでしょ？」

若い警官は横をむいて、聞えよがしにつぶやいた。

「これはまア、おっそろしく気の強いお嬢さんだ」

サト子は負けずに、やりかえした。

「そうだと思って、ちょうだい」

中年の刑事は、なだめるように言った。

「なにかにとおっしゃるが、正直なところ、いくらかはあの男を庇う気があったんだね？　この方はとたずねたら、あなたは返事をしなかった」

「ボーイ・フレンドだろうなんて、失礼なことを言ったでしょう。たれが、返事なんか、するもんですか」

「つまり、そこです……あのとき、否《いや》とかノオとか、言ってくれたら、すぐ、ひっつかまえていた。あなたが庇いたてをしたばかりに、殺さなくともいい人間を殺してしまった……むざんな話だとは、思いませんか」

サト子は、うなずいた。

「思いますとも……あたし泣いているのよ、心のなかで」

「あなたは、高慢なひとだ」

「ひっぱたきたい？」

中年の私服は、あわれむようにサト子の顔を見返した。

「あなたをひっぱたいたって、どうなるものでもない、すんでしまったことだから……いや、どうも、おさわがせしました」

おさまりかねるものがある。胸のどこかが、ひっ千切れるように痛む。サト子は、依怙地《いこじ》になって、みなのそばに立っていた。

「お手伝いしましょうか。これでも、泳ぎは上手なほうよ」

たれも相手になってくれない。

警官たちは、澗《ま》の海をながめながら、舟をだす相談をしている。サト子は石段をあがって、スゴスゴと芝生の庭にもどった。

風が落ち、蒸《む》しあげるような夕凪《ゆうなぎ》になった。

汗ばんだ裸の脛《すね》に、スカートがベッタリと貼《は》りつく。

夕日が流す朱の色で、空も、海も、燃えあがるように赤く染まっていたが、葉山のあたりの空が、だんだん透きとおった水色にかわり、そこから、のっと大きな月が出た。

漁船をだし、底引の錨縄《いかりなわ》で海の底をさぐりはじめてから、もう三時間以上になる。

庭端の芝生に膝を抱いてすわり、海の底をさぐりながら、澗のなかを行きつ戻りつしている漁船を、身を切られるような思いで、サト子は、ながめていた。

この庭端に影のようにうずくまっているのを知りながら、舳《へさき》に立って潮道《しおみち》を見ている中年の私服も、パンツひとつの警官も、サト子を無視することにきめたふうで、ふりむいて見ようともしない。

「バカめ、殺したのはお前なんだぞ」

警官たちの冷淡な身振りのなかに、無言の叱責《しっせき》がこもっているのを、サト子は感じる。

「だから、あたしに、どうしろというの？」

サト子は、やりきれなくなって、足をバタバタさせる。

あの青年が海に飛びこんで、みなの見ているところで溺れて死んでしまうなどと、たれが予想したろう。

漁夫も、警官も、漁舟も、月のしずくをあびて銀色に光っている。

「こんな澗のうちを、ひっかきまわしたってよウ、死体なんざ、あがりっこ、あるかよ」

漁師たちは、はじめから嫌気なふうだったが、暮れおちると、ダレて投げだしにかかった。

澗のうちを洗って、滑川《なめりがわ》の近くから外海《そとうみ》へ出て行く早い潮の流れがある。二日もすれば、片瀬か江ノ島の沖へ浮きあがるはずだから、そっちを捜すほうが早道だとそんなことを言っている。

「ホトケサマが沈んでござるなら、これだけやれァ、とっくにカカっているはずだ」

それは、サト子の言いたいことでもあった。

澗のむこうの岩鼻、旧砲台の砲門から十尺ほど下った水ぎわに、磯波《いそなみ》がえぐった海の洞《ほら》が口をあけている。

土地っ子と組になって、この澗の海で泳いでいたころ、日があがって水がぬるむと、洞の口からもぐりこんで、奥へはいって涼んだものだった。

崖の上で見ていると、波の下に沈んだ青年のからだが、青白い線をひいて、洞門へ吸いつけられていったようだったが、磯の低いところにいた警官たちには、見えなかったのかも知れない。

「いまになっても、あがらないところをみると、あのひとは、たぶん、洞の奥へ隠れこんだのだ」

そう思った瞬間から、サト子の立場は、いっそう辛《つら》いものになった。

漁師たちが錨縄をひきあげようとすると、潮道を見ていた私服が、

「じゃ、おれがやってみる」

と、上着をぬいで、じぶんでやりだした。

月の光のなかでは、人間も、自然も、やさしげに見えるのだろうか。庭先で、あんなエグイ顔をしていた警官たちは、忍耐強い父親のような思いの深いようすになり、是が非でもチンピラの死体をひきあげようと、なりふりかまわず、うちこんでいる。

サト子は、得体の知れない感動で胸をしめつけられ、

「あのひとは、そこの洞のなかにいます」

と、いくども叫びだしそうになった。

むだな骨折りをしている警官たちが、気の毒でならない。いまとなっては、空巣なんかに同情する気は、みじんもないが、といって、そこまでのことは、しかねた。

「見ちゃ、いられない」

サト子は、芝生から立ちあがると、身を隠そうとでもするように、家のなかに駆けこんだ。

サト子は、でたらめな鼻唄をうたいながら、行きどころのないタマシイのように家のなかを彷徨《さまよ》い歩いていたが、どの部屋へ行っても、集魚灯をつけた底引の漁船が、目の下に見える。崖端へ走りだして、大きな声で叫びだしそうで、不安でたまらない。姿見の前でスカートのヒップのあたりをひと撫でし、戸締りをして家をとびだすと、光明寺のバス停留所のほうへ、歩いて行った。

あふれるような月の光。山門の甍《いらか》に露がおり、海の面《も》のようにかがやいている。

バスが来た。バスはここで折返して、駅のほうへ帰る。

車がまわってくるのを待っていると、ホワイト・シャツに、きちんとネクタイをつけた身なりのいい中年の紳士が、バスから降りて海岸へ行きかけた足をかえして、ゆっくりとサト子のそばへやってきた。

「ちょっと、おたずねします。久慈さんというお宅、ごぞんじないでしょうか。このへんだと、聞いてきたのですが、材木座は広いので」

久慈……きょう空巣のはいった家は、たしか久慈と言っていたようだ。

「どういう、ご用なんでしょう」

久慈とこの紳士は、どういう関係なんだろうと考えているうちに、みょうなことを言ってしまった。

そのひとは気にもしないふうで、

「家のものが、昼間からお邪魔しているはずなんですが、月がいいから、呼びだして散歩でもしようと思って」

そう言うと、月を仰いで、

「蒸しますな……海端も、思ったより、風がない」

と、しんみりとつぶやいた。

サト子は、バスのほうを見ながら、そそくさと答えた。

「その家なら、逗子《ずし》のトンネルの下の道を、飯島のほうへ、すこし行ったあたりです」

「ありがとう。バスにお乗りになるところだったんですね、足をおとめして」

「……そのへんで、きょう空巣のはいった家、とお聞きになれば、わかるだろうと思いますわ」

「へえ、そんなことが、あったんですか」

サト子が乗ると、すぐバスが動きだした。

窓越しに見かえると、いまの紳士は、まだそこに立って、じっとバスを見送っていた。

駅前の広場で、バスから降りると、円形花壇のベンチで、大勢のひとが涼んでいた。

むっとするような暑気がおどみ、駅の正面の大時計が汗をかいていた。

「ソーダ水でも、飲もうかしら」

足のとまったところで、喫茶店にはいりかけたが、ぎょっとして、入口で立ちすくんだ。

正面の白い壁に、「リリー・ジュース」の大きなポスターが貼ってある。ビキニ型の水着を着て、大きなジュースのびんを抱いた水上サト子が、こちらを見て笑っている。

最初の写真撮影……たしかに、うれしかった。顔じゅうの紐《ひも》をといて、あけっぱなしで笑っているのがその証拠だが、このポスターは、いまでは見たくないものの一つだ。東京では、とうのむかしに死に絶えてしまったのに、生きのびて、こんなところで待ち伏せしていようとは、思いもしなかった。

広場をわたりかえして、駅の前のパチンコ屋へ行く。

暑いので、押しあうほどには混んでいない。

はじけかえる金属の摩擦音と、気ぜわしいベルの音。うだるような暑気に耐えながら、玉受けの穴から機械的に玉を送りこんでいると、徴用されて、名古屋のボール・ベアリングの工場で玉を磨いていた、情けない夏の間の記憶が、指先によみがえってくる。

むこうの台で、漁師らしいのが、大きな声で話をしている。

「古女房の初っ子で、それが難産といううんじゃ、おめえも楽じゃねえな」

「今夜の、潮いっぱいは、宵の五ツ半か」

時計を見あげているような、短い間があってから、長いため息がきこえた。

「あと三十分ってところが、ヤマだ。やりきれねえや」

鎌倉の漁師は、満潮のことを「潮いっぱい」という。月の引く潮のいきおいで、赤ん坊を産もうとしている女房がいる。満潮になれば、洞《ほら》のなかで溺れてしまう青年がいる。

サト子は、時計を見あげた。

八時半。ぞっと鳥膚がたった。

「つかまるくらいなら、死んでしまう」と、あの青年は言った。

言葉のカザリのようではなかった。あんな深い目つきをしてみせる青年なら、言ったとおりのことをするのだろう。

サト子は、パチンコ屋をとびだすと、駅口でタクシをひろった。

「飯島まで……急いで」

緑色の小型のタクシは、一ノ鳥居をくぐり、海岸に近い通りを走って行く。

脇窓《わきまど》から、月の光にきらめく海が見える。その海は砲台下の錆銀色の澗につづいている。

今日の今日くらい、人間の生死の問題が、身を切るような辛さで迫ってきたことはまだなかった。

「すっ飛べ」

心のなかで叫びながら、サト子は目をつぶる。

一秒一秒が、光の尾をひきながら流れ去るような思いがしていたが、現実は、やっと海岸橋を渡ったところだった。

「ねえ、急いでくれない」

運転手は、前窓を見つめながら、たずねた。

「なにか、あったんですか」

「いま、子供が生れるというさわぎ」

それで、グンとスピードが出る。

町並みの家々では、あけはなしたまま戸外で涼んでいるので、どの家も、奥までひと目に見とおされる。縁台でゆったりと団扇《うちわ》をつかっているこのひとたちは、暗い洞の奥で死にかけている青年と、なんの関係もないのだと思うと、なにか、はかない気がする。

海沿いの暗い道をタクシで飛ばし、そのうえで、なにをしようというのか。

洞の奥に、大震災のときに落盤したという、満潮の水のさわらない岩棚《いわだな》が一ヵ所ある。サト子が望んでいるのは、あの青年を岩棚のむこうの砂場へ連れこみ、潮がひいて、あすの朝、洞の口がまた水の上にあらわれ出るまで、赤ん坊のように抱いていてやりたいということらしかった。

「あたしにだって母親の素質があるんだろうから、こんなことを考えたって、おかしいことはない」

タクシが門の前でとまった。車を帰して、家のなかに駆けこむと、広縁から庭先へ出てみた。

集魚灯をつけた漁船は、まだ、あきらめずにやっている。漁師と若い警官のすがたは見えず、中年の私服が、ひとりだけ船にいた。

戸締りしたところを、のこらずあけはなすと、サト子は、ラジオのスイッチをひねった。

「フニクリ・フニクラ」という、どこかの国の陽気な民謡が、割れっかえるような音で流れだす。

洞の奥で、あの青年が、どんな思いでこのうたを聞くのだろう。

「いま行くわ」

急いで水着に着かえる。植込みの間を這《は》って、庭端から石段を降りると、ひっそりと海に身をしずめた。

水がぬるみ、海は眠っている。波が動きをとめたので、湖水《みずうみ》のように茫漠《ぼうばく》とひろがる月夜の海を、サト子は、のびたり縮んだりしながら、水音もたてずに洞のほうへ泳いで行った。

沖の漁船のほうを見る。あと味の悪いものが、心によどみ残ったが、それはもう問題ではなかった。

月が移り、岩鼻のおとす影で、洞の入口あたりが、ひときわ暗くなっている。奥のほうをのぞきこんでみたが、しらじらとした空明りの反射だけでは、なにひとつ、たしかに見さだめることはできなかった。

「ヤッホー……あたしよ、居たら、返事をして……」

うちあげる潮のかしらが洞の内壁にあたって、鼻息のような音をたてる。

返事がない。

狭い口をもぐって、十間ほど奥へ泳いで行く。

「ひとりでは、寂しいでしょう？　話しにきて、あげたのよ。夜明けまでは長いから……」

それにも、答えはなかった。

チムニーの背を擦《す》るような狭いところを這って行く。そこから斜めに上のほうへ折れまがり、そのむこうは潮のつかない砂場になっている。小さかったころは、平気で擦りぬけたものだったが、いまは肩の幅がつかえてはいれない。

「ヤッホー」

頭だけ入れて、奥のけはいをさぐる。

ラジオの歌声が、地虫のうなりのようにひびいてくるだけで、ひとのいるきざしは、まったく感じられなかった。

やはり、あのとき溺れて死んだ。それが、ギリギリの結着というところらしい。

サト子はガッカリして、あえぎあえぎ、洞の口から澗の海へぬけだした。

泳ぎ帰る精もない。あおのけに水の上に寝て、波のうねりにからだを任せながら、いつまでも月をながめていた。

仕事と遊び

あの日は、残暑の頂上だったらしい。台風が外《そ》れ、それから四五日すると、なんとなく風が身にしみるようになった。

あの夜、サト子は海からあがると、どの部屋よりも海からへだたった、山側の叔母の寝室で寝たが、頭の下でたえず熱いまくらをまわしながら、朝まで、まんじりともしないという夜を経験した。

目をつぶると、やさしい顔をした青年のまぼろしが、ひっそりと澗の海から立ちあがってくる……

いらざる庇《かば》いたてをしたばかりに、死なせなくともすんだひとを死なせてしまったという思いで、声もあげずにベッドのうえをころげまわっていたが、夜があけると海の見えないところへ逃げて行きたくなり、その日いちにち、谷戸《やと》から谷戸へ、さすらい歩いた。翌日からは、八幡宮の境内や美術館の池のそばで、ささやかなアルバイトをしながら日をくらし、おそくなってから家へ帰るようにしていた。

「あすは、東京へ帰ろう」

サト子は裏庭の濡縁《ぬれえん》に立ち、風に吹き散らされて、さびしくなった芙蓉《ふよう》の株をながめながらつぶやいた。

「叔母も帰ってきたし……そろそろ働きださなくては……」

東京では、秋のショウがはじまりかけ、そのほうの準備にかかっているはずなのに、サト子のところへは、誘いの電話ひとつかかって来ない。

サト子は、うらみがましい気持になって、ふむと鼻を鳴らした。

「あたしなんか、どうせ三流以下だけど」

ろくなアクセサリーひとつ、穿《は》きかえの靴すら満足に持っていない、「百合組」といわれている四流クラスだから、シーズンのはじめから、口などかかってこようはずもないが、東京を離れていることが、やはりいけないらしい。いそがしいひとばかりなので、鎌倉にいる新人のモデルにまで、気をくばってはくれないのだ。

おちびさんの女中が、木戸から駆けこんできた。

「お客さまでございます」

「あたしのところへ、お客さまなんか、来るわけはないわ」

「でも、そうおっしゃいました……中村吉右衛門とおっしゃる方です……」

「中村吉右衛門？……コケシちゃん、あなた、聞きちがいじゃないの？」

「奥さまにお取次したら、お嬢さまのほうだったんです……それで、奥さまが、もし市役所の税務課のひとだったら、まだ帰らないと、おっしゃるようにって」

「じゃ、広縁のほうへ回っていただいて……」

広縁の椅子で待っていると、玄関わきの枝折戸から、いかついかっこうをした、年配の男がはいってきた。

黒っぽい背広を着こんで、秋のすがたになっているので見ちがえたが、あの日の、ひとのよさそうな中年の私服だった。

「あなたでしたの……あなたが中村吉右衛門？」

「私が、中村吉右衛門です」

脳天を平らに刈りあげた、屋根職といった見かけの無骨なひとは、中村吉右衛門には、似てもつかぬものだった。

サト子は、こみあげてくるおかしさを、下っ腹のところで、ぐっとおさえつけた。

吉右衛門は庭先に立ったまま、むずかしい顔で、

「お笑いに、ならんのですか」

「あら、どうして?」

「私が名を名乗って、笑いださなかったのは、過去現在を通じて、あなただけです」

そういいながら、広縁に浅く掛けた。

サト子は椅子にいるわけにもいかなくなって、そばへ行って坐った。

「なにか、ご用でしたの」

「このへんまで、散歩に来たもんだから、ちょっと」

サト子は、笑いながら切りこんだ。

「散歩、という顔ではないみたい。あなた、あたしを女賊の下っぱくらいに思っているんでしょ? いま、ギョロリとにらんだ目つきが、そんなふうだったわ」

吉右衛門は、率直にうなずいた。

「そう思ったことも、ないではないが、そのほうの嫌疑は、氷解しました……市内に貼ってあるあなたのポスターですが、腕脛をまるだしにして、公衆の前に立つ以上に、

公正な態度は、ないものでしょう……モデル、水上サト子と書いてありましたが、あれは芸名ですか」

「戸籍についている名ですのよ……ついでに、血統と毛並みのぐあいを、書きこんでおいてもらえばよかった」

「お怒りにならんでください。邪推は、われわれの病です。私が海軍にいたころは、これでも、まっすぐにものを見る人間でしたが……」

海のほうへ尻目づかいをしながら、

「このあいだの空巣の件も、われわれの誤算だったのかもしれない」

そういうと、そっと溜息《ためいき》をついた。

ずいぶん、いい加減なものだと思うと、気が立ってきて、サト子は言わずもがなの皮肉を言った。

「警察だって、誤算することが、ありますわねえ」

「それはそうですとも。どうせ、人間のすることだから」

「それで、どこがマチガイだったの？」

「空巣をやるような人間は、死んでも捕《つか》まるまいというような、けなげな精神は持っておらんものです……あれは、空巣以外の、何者か、だったんでしょうな」

サト子は、勇気をだしてたずねてみた。

「死体は、あがったんですか？」

中村は、首を振った。

「それで、また澗をのぞきにきたってわけなのね？」

「きょうは、ちょうど初七日だから……七日目に、死体があがるなんていうのは、迷信だとは思いますが」

あの夜、同僚も漁師も帰して、このひとがひとりで錨縄《いかりなわ》をひいていた、孤独なすがたを思いだした。

「警察というところは、死体を捜すのに、あんな努力をするものなのね。見なおしたわ」

吉右衛門は、黙然と海のほうをながめていたが、ポケットから煙草を出して火をつけた。

「中止しろと言ってきましたが、やめずにやっていたので、譴責《けんせき》を食いました……近いうちに、どこかへ転勤になるのでしょう」

泣いているのかと思って、サト子は、吉右衛門の顔をのぞいて見た。

「あれは、あなたの趣味なの？」

吉右衛門は、乏《とも》しい顔で笑った。

「趣味ってことはない……私は、作戦の都合で、助ければ助けられる部下を、何人か目の前で溺れさせました。いのちを見捨てたばかりでなく、死体ひとつ、ひきあげることができなかった……そのときの無念の思いが、いまも忘れられずに、こころのどこかに残っていて……」

サト子は、吉右衛門を戦争の追憶からひきはなすために、わざと強い調子で言った。

「戦争の話、もういいわ」

「たれも、もう戦争の話は聞きたがらない……だが、戦争の惨害を、トコトンまで味わった人間でなくては、ほんとうに人間のいのちをいとおしむ気持には、なれないものです」

「人間のいのちを、いとおしむために、戦争をしてみる必要も、あるわけなのね？」

むっとして、サト子の顔を見かえすと、吉右衛門は、失礼しますと言って帰って行った。

女中が、奥さまがお呼びですと、言いにきた。

「おはよう、おばさま……お目ざめですか」

日除《ひよけ》が影をおとす、うす暗いところから返事があった。

「サト子なの？」

右手の壁ぎわに、三面鏡や、電蓄や、レコードの箱や、雑多なものをかた寄せ、その反対側に、夜卓《やたく》とフロア・スタンドをひきつけ、いぜんお祖父《じい》さんのものだった、バカでかいベッドのうえで、叔母がむこう向きになって寝ていた。

海沿いにあるこの別荘は、お祖父さんのものだった。

飯島の崖の上にこの別荘を建てたよく年、すごい台風がきて、庭先まで波がうちあげ、お祖父さんは、びっくりして、ここにコンクリートの洋間の一郭をつくった。

台風が来そうになると、海にむいた広縁の雨戸にスジカイを打って、ここへ逃げこむ。洋間の一郭と、母屋《おもや》の間にある木戸は、高潮が来たとき、裏の崖へ駆けあがるための逃げ口なのだ。

サト子が、小さかったころには、まいとし、この別荘にきて、ながい夏の日を遊びくらしたものだが、その後、お祖父さんは、アメリカへ行ったきり、たよりもよこさないようになったので、この別荘はあいたままになっていた。戦争のあいだに、サト子の父と母が死に、なにかゴタゴタがあって離婚した叔母が、東京から移ってきて、自分の持家のような顔で居すわってしまった。

サト子は、めくらのように両手を前に突きだし、戸口のあたりをよろけまわった。

「どこにいらっしゃるの？……暗くて、なにも見えないわ」

ベッドのほうから、また声があった。

「大げさなことを言うのは、よしなさい。ここに、いるじゃないの」

「あッ、まだ寝ているのか……まだ御寝《ぎょし》なって、いらっしゃるんですか」

「温泉疲《ゆ》れがして、きょうは起きられそうもないわ」

叔母は、いちめん、もの臭いところがあって、一週間に一度しか風呂《ふろ》をたてない。風呂ぎらいの叔母が、湯疲れのでるほど温泉につかったとは思えない。疲れというのは、なにか、ほかのことらしい。

「日除をあげてもいいでしょうか」

「よろしい……ついでに、あたしを起して、ちょうだい」

ベッドのそばの日除をあげると、それで、大きな赤ん坊のように丸くふくらんだ、叔母の顔が見えるようになった。

「お起ししましょう」

骨を折って叔母をひき起すと、背中のうしろに西洋枕を二つかって、もたれるようにしてやった。

「二十三貫……ぴったりでしょう？　おばさま」

叔母は、いやな顔をした。

「熱海で量ったら、二十貫、切れていた。もっとも、子供の乗る台バカリだったが」

「そういえば、お出かけになるときより、ずいぶん、すらっとなすったわ……熱い湯に、たびたびつかると、一時は、やせるといいますから」

「そういうね」

「おばさま、おやせになるために、温泉へいらしたというわけ？　そうだったら、隅におけないわ」

「隅に置けないって、なんのこと？」

「ぜひとも、おやせになりたい目的が、おありになるの？　あやしいわね」

「なにを言ってるんです、あなたは」

叔母は、照れかくしに怒ったような声をだしたが、この見当ははずれなかったらしい。みょうなシナをしながら、サト子を打つまねをした。

「税務課、まだネバッている？　来れば、半日ぐらいは坐りこむやつなんだ」

サト子には、叔母の気持がよくわかっている。

この別荘と土地は、アメリカへ行ったお祖父さんの名で登記したままなので、叔母は、借家人だと言い張って、固定資産税の徴収を拒みつづけている。

「いま来たひとなら、帰りました」

叔母は、なアんだという顔になって、

「あら、帰ったの？」

そう言うと、大きな伸びをした。

「そろそろ、起きようか」

「お起きになれます?」

「起きられるとも。病人でもあるまいし」

「温泉疲れで、起きられそうもないと、おっしゃっていらしたから」

「おなかがすいた……きのう、熱海で早目に夕食をしたきり、お夜食もしていないの……こけしちゃんにそう言って、すぐ、ご飯にして、ちょうだい」

サト子が、先に行って待っていると、叔母は、初袷《はつあわせ》のボッテリしたかっこうで茶の間へ出てきて、食卓につくなり、トースターでパンを焼きだした。

「サト子さん、さっき来たのは、たれだったの? あなたのボーイ・フレンド?」

「飛んでもございません。警察のひとです」

叔母は、ぎっくりと背筋を立てた。

「警察? あたしに?」

「まあ、おばさまの、お声ったら……」

叔母のおどろきようがひどいので、サト子のほうがびっくりしてしまった。

通産省の下級技官だったツレアイを課長の椅子におしあげるまで、請託や、贈物や、ザンソや、裏口の訪問や、そういう、うしろ暗いことを十何年もやった記憶があるので、警察と聞くと、なんとなく、ぎっくりするらしい。

「おばさまには、関係のないことなの。あたしのお客さま」

叔母は、ナイフで掃くようにトーストにうすくバターをなすりながら、いやな目つきでサト子のほうを見た。

「そんなことに、なるのだろうと思っていた……昨夜、あるところで聞いたんだけど、あなた、八幡さまの池のはたでポーズをして、百円とか二百円とか、モデル料をとるんだって？」

「百円、二百円ってことは、ございませんの。会の規定で、観光地の点景モデルは、一回、三百円と、きまっておりますから」

「金額はどうだっていいさ……だまし討ちみたいに、お上りさんの青年に写真をとらして、追いかけて行って、モデル料をとりあげるんだというじゃないの……鎌倉では、評判になっているのよ」

「料金をきめて、合意のうえではじめるんですから、だまし討ちということは、ございませんです」

「たれかを、太鼓橋のたもとへ追い詰めたというのは？」

「あれは、食い逃げだったの。防犯に協力する精神はよろしいと、警察にほめられました」

「バカな。警察が、そんなことをいうもんですか」

叔母は、それで、ものを言わなくなった。

サト子のほうへは目端《めはし》もくれず、庭の百日紅《さるすべり》の花をながめながら、大人物の風格で悠然と朝の食事をすませると、女中に食器をさげさせた。

「あなた、あたしに隠していることがあるね？」

「どういう、おたずねでしょう？」

「あなた、あたしのベッドに寝たでしょう、おとといの晩も？　そして泣いたでしょう？　枕がしっとりするほど、涙をしぼりだすというのは、これゃ、ただごとじゃないわね」

肺腑《はいふ》をつく、というのは、こういうときのことを言うのだろう。サト子は、いつもこの手でやられる。

叔母は、じぶんだけのためにとってある、西洋種の緑色の葡萄《ぶどう》の皮を、手間とヒマをかけて丹念にむきながら、

「あたしは、あなたを、かわいいとも……好きだとも、思っているわけじゃない。ただ……」

「よく、わかっていますわ、おばさま」

「ただ、ここで、あなたがなにをしたか、聞いておきたいの」

サト子が、だまっているので、叔母が、うながした。

「どうなの？……ここで話しにくいなら、広縁へ行きましょう、お立ちなさい」

サト子は、ひきあげられるように座を立って、叔母のあとから広縁の籐椅子に行った。

庭端から、澗にむいた暗い洞の口が見える。

サト子は、近所の久慈という家にはいった空巣が、地境の生垣を越えてきて、警官に追いつめられて、崖から飛びこんで溺れて死ぬまでの話をした。月夜の海を泳いで、洞の奥へ青年の生死をたしかめに行ったクダリは伏せておいたので、全体として、生気のない話になってしまった。

「初七日に、死体があがるという迷信があるんですって？　きょうは七日目ですから、警察のひとが、澗をのぞきにきたというわけなの」

「空巣が、海へ飛びこんだのは、一週間も前のことでしょう？　かわいそうだと思う気持はわかるけど、一週間も、泣きつづけるほどのことが、あるんですか」

サト子が、とぼけた。

「感じやすくて、こまりますの、おばさま」

叔母が、せせら笑った。

「感じやすいという柄ですか。そんなひとなら、留守番に来てもらったりしないわ。このごろ、空巣がはいるので、留守居がないと、旅行に出られやしないのよ」

サト子は、ムッとして言った。

「お出かけになる前に、そのことを言っておいてくだされればよかった……垣根を越えてはいってきたひとを、近所の方かなんて、思いちがいをすることはなかったでしょう」

「それを言ったら、留守番なんかしてくれないでしょ。そこは掛引よ。それで、久慈さんのお宅、なにか盗《と》られたの」

「なにも、盗られなかったふうよ。久慈さんのお宅って、どのへん？」

「知っているでしょう？　いぜん、神月《こうづき》の別荘だった家」

「ああ、そう……神月さん、あの家を売って、東京へ越したんでしたわね」

「それを買ったのは帝銀の沢村さんで、そのあとが、いまの久慈さん」

「神月さんの代には、夏のあいだ、女のひとが大ぜい出入して、にぎやかな家だったわ」

　叔母は、気のない調子で、つぶやいた。

「神月ってのは、手もとに、いつも女をひきつけておかないと、落着けないという男だった……家のつくりにしてからが、そうなの。女たちが忍んで来れるように、みょうなところへ木戸をつけたりして……あれじゃ、空巣だって、はいるだろうさ」

　叔母は、なにか考えているふうだったが、だしぬけにたずねた。

「あなた、いま、どんな生活をしている？」

他人のことには、いっさい無関心な叔母が、こんなことを言いだすのは、あやしい。

「あたしに、生活なんてもの、ないみたい……一日一日が、ぼんやりと過ぎていくだけ」

「なんとかモデルって仕事、月にどれくらい収入がある？」

「ショウですと、ワン・ステージ八百円、一枚、着換えるごとに、二百円。写真のほうは、ポスターが……」

叔母は、めんどうくさそうに手を振った。

「そんな、こまかいことを聞いたって、あたしにはわからない。結局、どうなのよ」

「七、八、九と、三ヵ月は完全にお休みだし、あたしたちのクラスは、いい月で八千円、わるくすると、千円にもならない月があるの……若い女がダブついているのがいけないのよ」

「ちょっと、うかがうけど、それは、仕事なの？　遊びなの？」

賢夫人だけあって、こういうやりとりになると、ひとのいちばん痛いところを突いてくる。どっちだろうと、サト子が、考えているうちに、間をおかずに、叔母が、おっかぶせた。

「そんなもの、やめちゃいなさい。はやく、お嫁に行くサンダンでもするほうがいいわ……手紙でいってやった、山岸さんの話は、どうなの？」

山岸芳夫というのは、子供のころ、ここの潤で泳いだ「お別荘組」のひとりだった。春ごろ、日比谷の近くで会ったが、あのときの泣虫の子供が、ひとかどのおとなになって、口髭《くちひげ》をはやしているのには、笑った。

男のファッション・モデルがあるなら、そのほうへ向けてやりたい。あっと息をのむような、すごい服を着ているが、子供に水まししして、無理におとなにしたような、おかしなところがあった。

「もう東京へ帰るんでしょうが、帰ったら、山岸さんのお宅へ伺いなさい。ご両親も、望んでいらっしゃるよ」

「あのひと、子供が口髭をはやしてるみたいな、へんな感じ」

叔母が、怒りだした。

「あなたのほうは、おとなが子供に化けているみたい……その髪は、なによ、馬の尻尾みたいなものをブラさげて……四角な額を丸出しにして……あなたのコンタンは、子供っぽく見せかけて、相手の油断につけこもうというんだ。二十四にもなっているんだから、悪趣味なことはやめて、年だけのナリをなさい」

「お望みでしたら、さっそく、いたします」

「髪だけのことじゃないのよ。あなたの着ている袋みたいなものは、なに？　チャンとした服、ないの？　あるなら着てごらん、見てあげる」

サト子は、念をおした。

「髪型を変えて、お着換えするのね……一着で、よろしいの？」

「出し惜しみすることはない。あなたが百着もドレスをもっているとは、思っていませんよ」

「じゃ、ここへ電蓄を運ばせましょう……お気になさらないで、音楽はサービスですから」

サト子は、こけしちゃんに言って、座敷に電蓄を運ばせた。あたしが広縁のむこうの端へ出てきたら、重ねてある通りにレコードをかけるようにいいつけ、したくをしに、じぶんの部屋へ行った。

なぜか、泣きたい、サト子は、うつ伏せになって、畳のうえに長く寝た。十分ほど、そんなことをしていたが、バカみたいな顔で起きあがって、鏡の前へ行った。

馬の尻尾をとき、クリップとピンで、得体のしれないかっこうに髪をまとめあげると、ウールのワン・ピースに着換え、玄関の脇間から広縁へ出た。

「ホフマンの舟唄《ふなうた》」……サト子はリズムに乗ってステップしながら、叔母のいるほうへ歩いて行った。

ひと回りして、ドレスのうしろを、それから、ゆっくりと腕をあげて、脇の線をみせた。

「髪はいいけど、そのドレス、すこし暗ぼったい感じね……ほかのは、ないの」

「では、これでワン・ステージ、終らせていただきます。つづいて、二着目を……」

楽屋へ戻って、日織の「歩きかたコンテスト」で賞品にもらった、すごいカクテル・ドレスに換えた。

「柳は泣いている」のブルース……ステージに上るなり、むこうから声がかかった。

「それは、だめ。それじゃ気ちがいだ。前のウールのを、もういちど着てごらん」

「これで三着になります」

前のウールに着換え、こんどは「テネシー・ワルツ」でやる。

「それにきめよう。山岸さんへ伺うときは、そのドレスになさい。髪も、それで」

叔母は、女中にいって手提をもってこさせた。

「モデルさん、おいくら?」

「基本料、八百円、着換えが二百円ずつ二回で、四百円……髪型を変えた分が、二百円……千四百円になります」

叔母が、皮肉な調子でたずねた。

「山岸さんへ出張する分は?」

「出張手当とも、千円にしておきます」

叔母は、札をかぞえてサト子に渡した。

「あなた、もう東京へ帰る？　ブラブラしても、いられないわね。山岸さんへ、近くお伺いするとお伝えしておいて」

職場

おだやかな日和《ひより》がつづき、観光季節がはじまりかけている。鎌倉八幡宮の若宮の鳥居から社頭までの、浅間《あさま》な杉並木の参道を、日焼けした地方の顔や、観光船で横浜に着いたばかりという白っぽい顔が、カメラをさげてゾロゾロ歩いている。

社殿の丹《に》の色と銀杏《いちょう》の葉の黄が、やわらかさをました日ざしのなかで、くっきりと浮きあげになっている。

秋だ。けさ着換えたウールの地が、しみじみするほど、よく膚につく。

サト子は、穿《は》きかえの靴や、アクセサリーや、そういう小道具を入れた、モデルの仲間が化粧箱といっている大きな太鼓型のケースをさげ、参道の左手の低い石門を入ると、池のみぎわから建物の横手をまわって、入場券の売場へ行った。

近代美術館では、この月のはじめから古陶磁の展覧会をやっているが、それを見るためではない。化粧箱を預けたり、トイレットを借りたり、ティ・ルームでお茶を飲んだり……あっさりいえば、職場の休憩室といったぐあいに利用している。そういう用を便じるために、入場券だけは買う。

　金網の間を通って、下足の預り所へ行く。預り所のおばさんが、化粧箱を受取りながら、お愛想をいってくれる。

「髪も、服も、変って、どこかの若奥さまみたい……さすがに、器用なもんだわ」

「これが、年相応というところなの……お世話になりましたわね。ここのアルバイトも、きょうでおしまい。そろそろ、東京の仕事がはじまりますから……」

　最初の日、サト子は、参道をブラブラしながら、外国人の観光客のカメラの使いかたを観察し、風景だけの風景よりも、日本人のはいった風景のほうを好むということを発見した。

　おなじ観光都市の鳥羽《とば》では、点景になる海女《あま》のモデル料は、五百円だと聞いている。サト子は、わが身の貫録を考えあわせて、一時間、三百円ときめた。

　カメラを持ったお上りさんの青年たちは、モデルをつかって写真を撮《と》っている外国人を、ふしぎそうに見ているが、まもなく了解して、じぶんたちもやりだす。

　どんな仕事にもコツがあるように、このアルバイトにもコツがある。お嬢さんのような顔ですましていては、たれも寄りつかない。

　客引と、モデルのふた役という厚顔《あつかま》しいことを、勇気をだしてやってのけなくてはならない。

「神池の背景で、一枚、お撮りになりません？」

反り橋の袂《たもと》と神楽殿《かぐらでん》の前で、思わせぶりなポーズをしながら行きつ戻りつしていたが、三時近くまで、いちども声がかからない。ポーズをして、立ってさえいれば、察しのいい白っぽい顔のひとたちが、

「おねがい、できますか」

と相手になってくれるのだが、きょうのカモどもは、そばまできてサト子の顔をみると、そのまま、すうっとむこうへ泳いで行ってしまう。これでも困ると思うのだが、なぜか、

「お撮りに、なりません？」

と誘いかける気になれない。

あの青年を殺したのは、お前なんだぞ……耳のそばで、そういう声がきこえる。死体があがらないといった、けさのひと言が重石《おもし》になり、そうして立っていても、ぼんやりと青年の追憶にふけっている瞬間がある。

きょうの顔は、アルバイトに適さないのだとみえる。愁《うれ》いの出た顔など、観光地の点景モデルには、およそ不向きな顔だ。

「髪型のせいも、あるんだわ」

きのうまでは、頭のうしろに馬の尻尾《しっぽ》のようなものをブラさげ、十六七の娘のよう

な見せかけをしていたので、相手のツケこむすきがあったが、おとなの髪型になり、暗ぼったいウールのアプレミディなどを着こんでいるので、良家の若奥さまが、人目を忍ぶ「待合せ」でもしているのだと思うらしく、良識のあるカモどもは、見ないようにして行ってしまうのらしい。

「いよう」

と声がかかった。

あの日、サト子と言いあいをした、若いほうの警官だった。

東京都では許可をとっているが、神奈川県はどうなっているのか？　無許可営業で叱られるのかもしれない。

サト子は、した手に出た。

「このあいだは、たいへんでしたね」

「新聞を見なかったかい？　空巣は、きのうの夕方、つかまったよ……野郎、また、あの辺の家へ入りやがったんだが、それが運のつきさ」

「空巣って、どの空巣？」

「春から、あのへんを荒していたやつだ」

「このあいだのひとじゃなかったのね」

「ホンモノのほうだ」

中村も述懐していたが、あの青年は、やはり空巣ではなかったらしい。気持はいよいよ萎《しお》れてきて、こんなところに立っている気にもなれない。美術館のティ・ルームで息をつこうと、ひかれるようにそちらへ歩きだした。

「おい、君、君……」

警官があとを追ってきた。

「どこへ行く？」

どこまでもついてきそうなので、気味が悪くなって、サト子は池のみぎわで足をとめた。

届出をしなかったのは手落ちだが、観光地の点景モデルといっても、アルバイトにすぎない。話せばわかる。

「美術館のティ・ルームで、お茶を飲もうと思って……ごいっしょに、といいたいところだけど、お誘いしちゃ悪いわね」

「美術館のティ・ルームだア？　ショバが広くて結構だよ……飯島あたりに巣をつくっているが、君は百合《ゆり》のひとなんだろう？」

経験と技量によって、ファッション・モデルは、やさしい花の名で四つのクラスに分けられている。一流クラスは蝶蘭《ちょうらん》、二流クラスはガルディニア、三流クラスは菫《すみれ》、それ以下は百合……

サト子は三流クラス以下だから、百合組といわれることには異存はない。

「ええ、百合組よ、新人ですの」

「百合組のひとなら、ラインだけは守ってもらいたいね」

「ラインって、なんのことでしょう?」

「ラインといっても、いろいろだ。マッカーサー・ライン、李《り》ライン、赤線に青線……市には市警の面子《メンツ》というものがある。こんなところで、大きな顔でショバをとられちゃ、見すごしにしているわけには、いかんからね」

警官は、参道でウロウロしているショウバイニンの女たちのほうを顎でしゃくった。

「あいつらにも、言っておいたが、つぎの下りで、いっしょに横須賀へ帰れよ」

横須賀に、「白百合」というショウバイニンの団体があるそうだ。それとまちがえられているらしい。ユーウツだが、腹をたてるわけにもいかない。五日のあいだ、ここで客引とモデルの二役をやっていたことを思えば、どう弁解しても、誤解をとく方法はなさそうだ。

無言のまま、歩きだす。警官は美術館の石段の下までついてきた。

「甘くみるな。一月でもつけ回して、仕事をさせないことだって、できるんだぞ」

「あたし、古陶磁の展覧会を見に行くの。セトモノなんか、つまらないでしょ。横須賀まで送ってくれるつもりなら、ここで待っていて」

そういうと、サト子は、後もみずに石段を駆けあがった。

ほのかな間接照明が、陳列室にたそがれのような、ものしずかな調子をつけ、高低さまざまなケースのなかで、壺《つぼ》や、甕《かめ》や、水差や、陶碗《とうわん》が、肩の張りと腰のふくらみに、古代の薄明《はくめい》をふくみながら、ひっそりと息づいている。

ケースのうえから、壺の口づくりのぐあいをながめているひとがある。足高のケースにおさまった壺の底づきのぐあいを、ガラス越しに、よつんばいになって下から見あげているひとがある。そういう作法が、こっけいで目ざわりで、気が散ってしようがなかったが、そのうちに、まわりの現象が感覚からぬけ落ち、壺とじぶんだけの、しんとした世界になった。

サト子は、ゆっくりとケースをのぞいて行ったが、そのうちに、はっとするような深い色に目を射られて、思わず足をとめた。

おおどかに伸びあがった、細口瓶《ほそくちびん》の荒地《あれじ》のままの膚に、ルリ色とも紺青ともつかぬガラス質のものが、一筋、流れている。

「なんという、いい色」

壺どもの腰の線は、一流のファッション・モデルの腰の線よりも、美しい。それだけでも、おどろかれるのに、このもろいセトモノどもは、サト子の年の、百倍も長く生きつづけてきたのだと思うと、なにか、はるばるとした気持になる。

五分ほども、ながめつくし、ため息をつきながら顔をあげた。まださめきらぬ、陶然たるサト子の目は、そのとき、潤の海で死んだ青年の顔を見たと思った……

「あら」

立衿《たてえり》に桜の徽章《きしょう》のある学習院大学の制服を着たよく似た顔が、四十五六の父親らしいひととふたりで、ケースをのぞきながらこっちへやってくる。

学帽の庇《ひさし》が影をおとす端整な顔は、凜々《りり》しいほどにひきしまっていて、あのときの青年のような卑しげなところや、追いつめられたけだもののような、みじめな感じはなかった。

「似ているけれど、ちがう顔だ」

父親らしいひとは、儀式ばった会合の帰りらしく、黒の上着に趣味のいい縞《しま》のズボンをはいている。どこかで見た顔だが、思いだせない。

ふたりのことは、それで、さらりと思い捨て、サト子は、また陶磁をながめだした。

「…………」

陶碗のうえに人影がさし、声ならぬ声を聞いたと思った。

顔をあげてみると、息苦しいほどキチンと制服を着こんだ青年が、ケースをへだててサト子と向きあう位置にきていた。

「このあいだは……」

あのときの空巣の青年だった。

やはり、死んだのではなかった。月夜の海を泳いで、洞の奥へもぐりこんで行ったとき、呼びかけにもこたえず、落盤のむこうの砂場で、息を殺して隠れていたのだ。

「なんという、嫌なやつ」

この顔が芙蓉の花むらのうえにあらわれてから、海へ飛びこんで溺れて死ぬまでに、二十分とはかからなかった。ひとの命のはかなさに、名もしらぬ青年の不幸な最後に、枕が濡れしおれるほど泣いた。人殺し、という叫び声に追いまくられ、身も心も萎《な》えるほど悩みもした……その当のひとは、どこかの貴公子のような、とりすました顔で、父親とふたりで、古陶磁の展覧会を見に来ている。

追憶のなかに出てくる青年のおもかげは、いつも、すがすがしく、もの憂《う》く、あわれで、やるせない思いをかきたてられたものだったが、いまは軽蔑しか感じない。

サト子は、冷淡な目つきで青年の顔を見かえすと、ゆっくりと、つぎのケースの前へ足を移した。

「お聞きねがいたいことがあります」

青年が、ケースの向う側へきた。

三人もの警官の目の前で、溺れて死ぬまねをしてみせる演技のたしかさは、ほめてやってもいいが、だまされるのは、もうたくさんだ。

「おねがいです」

影のついた大きな目でサト子を見ながら、青年は、祈るように手をねじりあわせた。うるさくなって、サト子が、出口のほうへ歩きかけると、青年は、腕に手をかけて、ひきとめにかかった。

「五分ほど、お話を……」

半礼装の紳士は、ほど遠いケースの前に立って、じっとこちらを見ている。

そのひとが父親なら、いやなところを見せたくなかったが、青年の厚顔《あつかま》しさが我慢ならなかった。むごいほどに手を払いのけると、サト子は、強い声で言った。

「あなた、なんなのよ？　うるさくするのは、よして、ちょうだい」

思いあまったように、青年は顔に手をあてて泣きだした。

居るだけのひとが、一斉に、こちらへ振返った。

なんという、みじめな真似をするんだろうと思って、サト子のほうが泣きたくなった。

耳に口をよせながら、サト子はささやいた。

「みっともないから、泣くのはやめなさい……あそこにいるのは、あなたのお父さんでしょう？　空巣にはいったことを、言わずにおいてくれというのね？……いいませんから、安心なさい」

父らしいひとが、おだやかな微笑をうかべながら、サト子のそばへやってきた。

「愛一郎の父です……あなたは、愛一郎のお友だちの方ですか」

あたしが、こいつのガール・フレンドのように見えるのだろうか。たいへんな誤解……笑いたくなる。

「あなた、お妹さんがおありでしょう？　このあいだ、光明寺のバスの停留所で、よく似た方にお会いしましたが……」

愛一郎の父は、さりげなく胸のかくしからハンカチをぬきだし、後手づかいをしながら、泣いている息子に、そっと渡してやった。ほろりとするような情景だった。

サト子は感動して、はずんだ声で言った。

「あれは、あたしでしたのよ……あなた、家をさがしていらっしゃいましたね」

父なるひとは、うれしそうな声をあげた。

「おや、あなただった？　私はお妹さんだとばかり思っていました……陶磁を見るのは、案外に疲れるものですな……どうです、むこうで、お茶でも……」

テラスに吹く風

池の面《も》をとざす青々とした杉苔《すぎごけ》のあいだで、ときどき大きな鯉《こい》がはねあがる。

喫茶室のテラスの丸テーブルで、愛一郎が、不興を受けた愛人といったかっこうで首をたれている。愛一郎の父は、不和の状態を回復しようというのか、サト子と愛一郎の間に割りこんで、笑ったり、うなずいたり、子に甘い父親がやるだろうと思うようなシグサを、のこりなく演じ、サト子の顔色をうかがいながら、とりとめのないことを、つぎつぎに話しかける。

「飯島のお住いは、もう久しくなりますか」

これから、ひきおこる場面は、死にたくなるほど退屈なことになりそうだ。それはもう、わかっているのだが、父なるひとが、むやみに勤めるので、すげなく座を立つわけにもいかない。

「あたくし、東京ですの……子供のころ、夏ごと、遊びにきましたが」

「それはそれは……すると、この池に、白と赤の蓮《はす》が咲いていたころのことを、ごぞんじでしょうな」

「知っています」

「この池も、むかしは美しかったが、杉苔がふえて、地つづきのようになってしまった」

のどかな話しぶりから推すと、愛一郎の父は、一週間ほど前、飯島の澗の海のほとりで、息子がえらい騒ぎをやったことを、なにも知らないらしい。

「むかしの鎌倉はよかったが、戦後は、ようすが変って、なじみのうすい土地になってしまいました……私も、扇ケ谷《おうぎがやつ》に家をもっていますが、留守番をひとりだけおいて、荒れるままにほうってある。まいとし、秋、これとふたりで、亡妻の墓参りに来るくらいのもので……それで、いまお住いになっている飯島のお宅は？」

「叔母の家ですの……由良と申します」

「……失礼ですが、あなたさまは？」

「パパ、ちょっと……」

哀願するように、愛一郎が父に呼びかけた。

詰りきった表情をし、興奮して肩で大きな息をついている。叔母の家の縁端で、三人の警官に追いつめられたときのあの顔だった。

愛一郎という青年は、これほどの緊張にも耐えられなくて、なにもかも、父に告白する気でいるらしい。空巣のように、他人の家へはいりこんだにしては度胸がなさすぎる。サト子は、靴の先で、すこし強く、愛一郎の脛にさわってやった。

「足があたったわ。ごめんなさい、痛かったでしょう」

「いいえ」

こちらの意志が通じたらしい。のぼせあがったような目の色が、それで、いくぶん落着いた。

父が息子にたずねた。

「なにを、いうつもりだった？」

「こんなところで、お名前を伺ったりするのは、失礼だから……」

やれやれ、どうにか切りぬけたらしい。

「失礼だったかな」

父親は、わからぬなりに笑顔になって、サト子のほうへ向きかえ、

「あなたは、あそこに並べてあるようなものを、よほどお好きとみえますな……この展覧会で、きょうで三度、お目にかかっているわけですが……」

そういうと、名刺をだして、テーブルのうえにおいた。

「これが、お名前を伺うなといいますから、伺わずにおきますが、お近づきのしるしまでに、名刺をさしあげておきます」

秋川良作……東京の住所と番地が、小さな活字で片付けてある。

「東京へお帰りになったら、いちどお出掛けください。ガラクタも、いくらかは集めてありますから」

このへんが、潮どきだ。カウンターのうえの時計は、十六時五分前をさしている。いまからなら、九分の上りに間にあう。

座を立とうとしたとき、ティ・ルームの入口から、派手な女の顔がのぞいた。

「あそこに、いる」

参道で見かけるショウバイニンが三人、毒のある目つきで、サト子のほうをジロジロ見ている。

世界市民、一号から三号まで……おそろいのように、アコーディオン・プリーツのスカートをはいている。高級な組らしく、これはひどい、というような変った顔はなかった。

赤いナイロンのハンド・バッグをかかえた、小柄なのを先頭に、ゾロゾロとテラスへ出てくると、

「ごめんなさい」

と、サト子の肩をこづいて、うしろの椅子におさまった。いやなことが、はじまりそうな予感があった。

「あのう……」

案のじょう、背中あわせのテーブルから、声がかかった。

「あたくし?」

特徴のあるショウバイニンの顔が、いっせいにニッコリとサト子に笑いかけた。疲れたようなところがあるが、どの顔も派手派手して、りっぱにさえ見える。アコ

ーディオン・プリーツのスカートは嫌味《いやみ》だが、服も、靴も、アクセサリーも、みなホンモノで、三流クラス以下のファッション・モデルなどは、足もとにも寄れないほど、かっこうをつけている。

「お話ししたいことが、あるんですけど」

観光季節に、横須賀からやってくる白百合組のショウバイニンを鎌倉の市警は嫌《きら》っている。さっきの若い警官は、鎌倉を職場にしてはこまるというようなことを、この連中に言ったらしい。サト子がその警官と歩いているところを見たので、告げ口をしたのは、こいつだと思いこんでいるのだ。かかりあえば、むずかしいことになるが、逃げられそうもない。

「どういう、ことでしょう」

かわいらしいくらいな顔をした十七八の娘が、あらァと肩でシナをした。

「固っ苦しく、おっしゃられると、こまっちゃう……ご承知でしょうけど、あたしたち横須賀なんです。申しおくれて、ごあいさつもしませんでしたが……」

季節はずれのダスター・コートを着たのが、サト子にウインクをしてみせた。

「お見それして、すみません」

このひとたちは、どうしてこう意地が悪いのだろう。サト子自身も含め、この年代は、男も女も、さまざまな誤解にもとづく、おとなの知らない悩みをもっている。しんみりと話しあえば、わかることなのだが、それは、望んでもむだらしい。せめて、こうでも言ってみるほかはなかった。

「お見それ、ってことはないでしょう。まいにち、おあいしているわ」

ダスター・コートが、冷淡にはねかえした。

「おねえさん、皮肉なことをおっしゃらないで……話ってのは、ショバのことなんです」

泣きだしたりしたら、コナゴナにされてしまう。サト子は平気みたいな顔で言い返してやった。

「あら、そんなことなの?」

「なんて、おっしゃいますけど、あたしたちにしちゃ、死活問題なんです……当節、横須賀では、やっていけないから、鎌倉でショバをとりたいと思うのは、無理でしょうか、おねえさん」

若いのが、横あいから切りつけた。

「ショバ代は、きまりでよろしいんでしょうか。はっきりしていただくほうが、ありがたいんですけど……」

秋川の親子は、池のほうを見ながら、重っくるしい表情でお茶を飲んでいる。とんだ女をお茶に誘ったもんだ……秋川親子は、つくづくと後悔し、けがらわしい思いで竦《すく》みあがっているのだろう。

愛一郎の父が未来の舅《しゅうと》だったり、愛一郎にすこしでもよく思われたいなどと考えているのだったら、この場面は身も世もない辛《つら》いものになったにちがいない……が、そうでないので、まだしも助かる。

サト子は、あわれな微笑をうかべながら、

「おっしゃること、よく、わからないんですけど……だれかと、間違えているんじゃないかしら」

ダスター・コートが、甘ったれるような含み声で、からみついてきた。

「なら、池のそばまで出てくださいません？　わかるように、お話ししますわ」

池のそばではじまる光景を想像して、サト子は、ぞっとした。

「けっこうよ。話なら、ここでうかがうわ」

やせすぎの女が、赤い唇《くちびる》をパクパクさせて、脅かしにかかった。

「それじゃ、おためになりませんけど」

愛一郎の父が、なにごともなかったような顔で、サト子にたずねた。

「あなた、まだ陶磁をごらんになる？」

「いいえ、こんどの上りで東京へ帰ります」

「われわれも、間もなく帰りますが、これから扇ケ谷の家へ遊びにおいでになりませんか。荒れたままになっていますが」

そして、撫《な》でさする目つきで、息子のほうをみた。

「これも、切に希望しているようですから……」

迷惑な話だが、なんとかこの場を糊塗《こと》してやるほか、おさめようがないと考えたらしい。愛一郎の父は、サト子をショウバイニンの仲間だと思っている。心にもなく庇《かば》いたてしようとするのが、その証拠だった。

「ご用がおありになるんだったら、お強《し》いはしませんが」

サト子は、あわてて笑顔をつくった。

「……あたし、荻窪の植木屋の離屋に、ひとりで住んでいますのよ。帰っても、きょうは、もう寝るだけ」

女たちが、はやしたてた。

「……とか、なんとか、言ってるわ」

「おやすみなさい、おねえさん」

秋川は、暖かい大きな手で、そっとサト子の腕にさわった。

「そういうことだったら、無理にもお誘いしますよ」

愛一郎の家へ行けば行ったで、うるさいことがはじまりそうだったが秋川の親切には逆《さか》らいかねた。

「おじゃま、しようかしら」

だしぬけに、愛一郎が額ぎわまで赤くなった。腹をたてているとも、恥じを忍んでいるともとれる、複雑な表情だった。

三人がティ・ルームを出ると、いちばん若いのがサト子を追ってきた。

「ねえ、ちょいと……」

秋川の親子は、なにげないふうに、出口のほうへ歩いて行った。

「水上さんのお嬢さんでしょ？」

その娘は、目をクリクリさせながら、はずんだような声で言った。

「お忘れ？　あたし、大矢のシヅよッ」

飯島の土地っ子で、大矢という漁師の娘だった。サト子が澗の海で泳いでいたころ、砲台下の洞の奥へ連れて行ってくれたのは、この娘だった。

「おシヅちゃん」

「思いだしてくれたのねッ」

そう言うと、シヅは、いきなりサト子に抱きついてきた。

「ごめんなさい……悪いと思ったけど、どうしようもなかったの……ねッ、ゆるしてえ」

サト子は、シヅの肩に手を回して抱いてやった。

「いいのよ」

シヅはケロリとした顔で、

「あんた、有名ね……ファッション・モデルって、お金になるんだって?……あたしも、なろうかしら。紹介してくださらない? このショウバイ、つくづく、いやになってるの」

シヅに別れて、美術館を出ると、秋川の親子が、青磁色のセダンのそばで待っていた。

「前のほうにしましょう」

運転席にすべりこむと、愛一郎が、となりにサト子の席をつくってくれた。

車が美術館の門を出ようとするとき、中村吉右衛門が門柱のところに立って、こちらをながめているのをサト子は見た。

聖家族

飯島では、まだ百日紅《さるすべり》の花が咲いているというのに、北鎌倉の山曲《やまたわ》では芒《すすき》の穂がなびき、日陰になるところで、山茶花《さざんか》の蕾《つぼみ》がふくらみかけている。

愛一郎は、目を細めて日の光をながめながら、無心にハンドルをあやつっている。

うしろの座席から、秋川のくゆらす葉巻のにおいが流れてくる。

サト子は、愛一郎の横顔をながめながら、口の中でつぶやいた。

「こまったことに、なりそうだ」

空巣にはいったポロ・シャツの青年が、ナリをかえて自家用車の運転席におさまっているのを確認した以上、そのままに放っておくわけはない。車のナンバーは東京だし、秋川は鎌倉ではよく知られているひとらしい。二時間もすれば、空巣の青年が秋川のなににあたるのか、苦もなく調べあげてしまうだろう。

木繁《こしげみ》のいただきから、棟《むね》の高い、西洋館の緑色の陶瓦があらわれだしている。

しんと秋の日の照る、ひと気のない坂道をうねりあがり、苔《こけ》さびた石の門をはいると、ひろい前庭のなかの道を通って、白い船のような玄関の前で、車がとまった。

むぐらのしげりあう荒れはてた花壇に、丈《たけ》ばかり高くなった夏の終りのバラが、一輪、ひよわい花を咲かせている。

サト子が、車からおりかけたとき、空鳴りのようなヴァイオリンの音をきいた。

荒々しいまわりの風景をおししずめるように、なにかの曲のひと節を、高く、清く、ひき終ると、それで、消えるようにヴァイオリンの音がやんだ。

愛一郎は、二階の窓のほうを見あげながら、沈んだ顔で父に言った。

「カオルさんが、来ています」

「そうらしいね」

「あいつ、ママの部屋へはいりこんで、ママのヴァイオリンをいじっている」

秋川は、たしなめるように、言った。

「カオルさんのことなら、あいつ、なんていうのは、よしなさい。ママの墓参りに来てくれたひとのことを、悪くいうのは……」

「たれだろうと、ママの部屋へはいったり、ママの遺品《かたみ》にさわったりしちゃいけないんだ」

「なにを、おこっている?」

「パパが、言ったでしょう。あの部屋は、ママが生きていたときのままになっているんだから、家具を動かしたり、置きかえたりしては、いけないって」

「そんなことを言ったこともあるが、訂正してもいい……この家を、ママの生きていたときのままの状態にしておきたいなどというのは、高慢すぎるねがいだからね」

愛一郎は、不服そうに鼻を鳴らした。

「きょうのパパは、いつものパパとちがうみたいだね……ともかく、ママのものにさわらないように、言ってきます」

「言いたいなら、言ってもいいが、乱暴な言葉をつかわないで、やさしく言いなさい」

愛一郎は、家のなかに駆けこんで行った。

愛一郎の父は、玄関のわき間を通って、客間らしい部屋へサト子を案内すると、

「けさ、亡妻の七回忌をやったままなので、失礼して、ちょっと着かえてきます」

そう言って、部屋から出て行った。

ひととき、百舌《もず》が鳴きやむと、山の深いしずけさが、かえってくる。

黒樫《くろかし》の腰板をまわした、天井の高い客間の南側は、いちめんにガラス扉《とびら》で、そこから谷を見おろす、ひろびろとした芝生の庭に出られる。芝生の端は、松林で区切られ、しゃれた囲いをつけた、西洋風の四阿《あずまや》が建っていた。

「やはり、来るんじゃ、なかった」

サト子はソファに沈みこんで、あてどもなく芝生の庭をながめているうちに、うかうかとこの家へやって来たことを、悔みだした。

愛一郎の父が、扇ケ谷の家へと言ったのは、苦境から救いだすための臨機の弁で、ほんとうは、来てもらいたいのではなかった。それに、きょうは間の悪い折だったらしい。車のそばで、秋川の親子がなにを争っていたのか知らないが、なにかゴタゴタした空気が感じられる。

勢いよく奥のドアが、あいた。

警官かとも思わなかったが、サト子は、あわててソファから立ちあがった。

すっきりとしたひとがはいってきて、しげしげとサト子の顔を見てから、歯ぎれのいい口調で、あいさつをした。

「あら、サト子さんだったのね?」

東京へ帰ったら、否応なく訪問することになっている、山岸芳夫の姉のカオルだった。

二十七にしては、老《ふ》けてみえるが、そのひとにちがいない。むかしから、似たところのない、ふしぎな姉弟だった。

ざっとした空色のワンピースに、ストッキングなし……裸足《はだし》で、スリッパも穿《は》いていない。

髪をやりっぱなしにし、シャボンで洗いあげたような清潔な顔に、クッキリ眉《まゆ》だけかいている。ファッション・モデルのいう「荒れた」ようすをしているが、野性的で、それなりに、みょうな魅力があった。

「春ごろ、芳夫が日比谷でお会いしたんですって? いちど、お目にかかりたいと思っていたの……あなたに、忠告したいことがあるのよ」

思い出のなかの山岸カオルは、飯島の潤の海へやってきても、土地っ子や漁師の娘といっしょに泳がない、高慢な印象になって残っている。

そのころ、山岸の別荘はお祖父さんの別荘と庭つづきになっていたので、弟の芳夫は、じぶんの家のように出入りをしていたが、カオルは別荘の奥にしずまって、ヴァイオリンをひいたり、ドイツ語の教師をとったり、たいへんな澄ましかただった。

「何年になるでしょう。こんなところでお目にかかるなんて、思いもしなかったわ」

「あなただって、忘れはしないはずよ……うちのママも、あなたの叔母さまも、戦前の飯島女めらは、まい夏、神月の別荘で親類になった仲でしょう……その子孫ですもの、縁は切れていないのよ」

ようすのよかった若い時代の叔母が、朝のしらじらあけに、目ざといお祖父さんに見つからないように、神月の別荘から、こっそりと帰ってくるのを、サト子もいくどか見た。

「そう言えば、そうね」

聞きたくもない話だったが、子供のころの記憶がかえってきて、いくらかカオルをなつかしく思う気持になった。

カオルが、探るような目つきでサト子の顔を見た。

「どちらに、ご用なの？　おやじのほう？　せがれのほう？」

また誤解されそうだ。サト子は、美術館で秋川の親子に会って、ここへ誘われるまでのことを話した。来ずにいられなかったわけがあるのだが、それは言わずにおいた。

カオルは、唇の端を反らして薄笑いをしながら、

「おやじも偏屈だけど、愛一郎って子、神経質で手がつけられないの。帰るなり、あたしにあたりちらして……美術館で、なにかあったのかしら」

サト子は、さりげなく言い流した。

「かくべつ、なにも……」

カオルは、ガラス扉のほうへ歩いて行くと、芝生の庭を見ながら、サト子のほうへ呼びかけた。

「あそこを、ごらんなさい」

むこうの松林のそばを、秋川の親子が肩をならべながら歩いているのが、小さく見えた。

「親子でモタついているわ。おだやかな見かけをしているけど、あれが、秋川親子の喧嘩《けんか》の姿勢なの。なにもなかったのなら、あの親子が喧嘩するはずはないわ……でも、おっしゃりたくなかったら、おっしゃらなくともいいのよ」

突きはなすように言うと、カオルはガラス扉のそばを離れて、サト子のいるほうへ戻ってきた。

秋川は、いつまでたっても、すがたを見せない。カオルは長椅子の端に掛けて、むっとした顔で、だまりこんでいる。サト子は、話題に窮して、心にもないお愛想を言った。

「ここのお宅、気にいってるみたいね。お住いになっているの？」

「こんな空家《あきや》、気にいるもいらないも、ないじゃないの……でも、人間に疲れて、ひとりになりたくなると、朝でも夜中でも、東京から車をとばしてきて、この家へ入りこんで、はだしで谷戸《やと》を歩きまわったり、缶詰をひっぱりだして食べたり、二三日、ケダモノのようになって暮すことがあるわ」

　手枕をして、長椅子にあおのけに寝ると、マジマジと天井を見あげながら、トゲのある調子で、

「あなたの人気、たいへんよ……芳夫のお嫁さんに来てもらうつもりで、おやじとおふくろが、いろいろと画策しているわ……でも、問題にもなにも、なりはしないわねえ。芳夫みたいなやつ、あなた、なんだとも、思っちゃいないんでしょ？」

　救われた思いで、サト子は、うなずいた。

「じつのところは、そうなの……東京へ帰ったら、すぐお伺いするように、叔母に言われているんですけど……」

「来ることなんか、ないわ。よかったら、あたしが、言ってあげましょうか」

「それじゃ、失礼よ……あたしの役だから、じぶんでやってみるわ」

「あなたって、おしとやかね……秋川、あなたのようなタイプ、好きなのかもしれない……そう言えば、死んだ細君に、どこか似たようなところがあるわ」

だしぬけに、起きあがると、

「むこうの部屋に、死んだ細君の写真あるわ。見せてあげましょうか」

と甲走《かんばし》った声で言った。

カオルが言っているのは、勝手にはいりこんだと言って、愛一郎が腹をたてていたその部屋らしかった。

「そんなもの、見せていただかなくとも、結構よ」

「まア、見ておくものよ。秋川の親子、どうかしてるってことが、わかるから」

サト子を客間から連れだすと、とっつきの階段を、先に立ってあがって行く。庭でも歩きまわったあとらしく、うすよごれたはだしの足の裏に、草の葉が、こびりついていた。

片側窓の二階の廊下の端まで行くと、カオルはそこの部屋のドアをあけた。

三方が窓で、勾配《こうばい》のついた天井を結晶ガラスで葺《ふ》き、レモン色のカーテンが、自在に動くような仕掛けになっている。

壁ぎわのベッドの脊板に、いま脱いだばかりというように、薄いピンクの部屋着を掛け、床《ゆか》の上に、フェルトのスリッパが一足、キチンとそろえて置いてあった。

窓のそばに、ニュウ・スタイルの三面鏡と、弧になった大きな化粧台がつくりつけになり、そのうえに、美しい面差をしたひとの写真が、ひっそりと乗っていた。

カオルは庭にむいた扉をあけて、手のこんだガラスの風除《かざよ》けのついた、ヴェランダのようなところを見せた。

「この外気室、ホンモノよ……秋川夫人が、ここで五年ばかり闘病していたんだけど、ダメだったの……秋川夫人、絶滅の場よ。すごいみたいでしょ」

おだやかな秋の夕日のさしこむ、ひろすぎるおもむきの部屋は、もの悲しいほどキチンとかたづいていて、すごいというような感じは、どこにもなかった。

「しずかすぎて、うっとりするわ」

サト子が、そういうと、カオルは、はげしい身振りで、さえぎった。

「そういう意味じゃないのよ……見てごらんなさい、この行き届きかた……秋川は、病妻のために、サナトリアムをひとつ、建てるくらいの意気ごみだったそうよ」

そう言えば、似たところもあるような秋川夫人の写真をながめながら、サト子は感慨をこめて、つぶやいた。

「大切にされた方だったのね」

カオルは、鼻で笑って、

「秋川には、死んだ細君は永遠の女性で、愛一郎にとっては、貞潔のマリアなの……部屋を死んだときのままにしておいて、親子でときどきやってきて、追憶にふけるというわけ……聖家族のイミテーションよ。古めかしくて、鼻もちならないわ」

棚のケースからヴァイオリンをだして、

「これも、お遺品《かたみ》のひとつなの……ヴァイオリンなんか、さわる気にもなれないけど、おこらせるために、わざと弾《ひ》いてやるの……見ていらっしゃい。愛一郎、また飛んでくるわ」

そう言うと、弾きだす前のポーズをとりながら、サト子のほうへ振返った。

「この曲、知っている？　エリク・サティ……音楽の伝統と形式をコナゴナにした、偉大なふたりのキチガイのうちのひとり……」

カオルは、はだしで部屋のなかを歩きまわりながら、リズムも音節も無視した無形式の楽句を、ぞっとするようないい音色で弾きだした。

しばらくは、弾くことだけに熱中していたが、そのうちに、気が変ったらしく、勝手に調子をかえたり、楽節を飛ばしたり、おしまいのほうをめちゃめちゃにして、投げるようにヴァイオリンをおくと、うつ伏せにベッドに倒れて、それっきり動かなくなった。

サト子は不安になって、カオルの背に、そっと手をおいた。

「どうしたのよ、カオルさん……ねえ、どうしたの」

カオルは頭をあげると、心の芯《しん》が抜けたような顔でニヤリと笑った。

「……あたし、長いあいだ秋川の細君の亡霊と格闘していたのよ……この家へ来るのは、そいつと喧嘩するためだったの。七年も八年も、死んだひとのことばかり思いつめているなんて、なんのことでしょう？　生きて動く女が、ここにひとりいるのに、秋川ったら、振返って見ようともしないのよ……細君が死ぬまで貞潔だったと信じこんでいることも、あたしには面白くないの……北鎌倉や扇ケ谷のひとたちだって、神月の別荘へやってきたことがあるんだから」

愛一郎が、ただの空巣でなかったことは、サト子にもわかっていた。愛一郎が久慈という家の留守にはいりこんだのは、神月か、愛一郎の死んだ母に関係のあることではなかったのか。

「飯島の久慈さんっていう家、ごぞんじ？」

「久慈って、神月の別荘のあとへはいったひとでしょう。それが、どうしたというの？」

深入りしそうになったので、サト子は、あわててハグラかしにかかった。

「それにしても、古い話だわねえ……神月さん、いま、なにをしていらっしゃるのかしら？」

「ずいぶん年をとったけど、むかしどおりの粋人《ギャラント》よ……追放解除になったあと、することがないもんだから、渋谷の松濤《しょうとう》の大きな邸《やしき》でショボンとしているわ。秋川が、毎月、生活費を送っているの」

「秋川さん、神月と親戚なの？」

カオルは、底意のある皮肉めかした口調で、

「親戚？……ふふ、ある意味ではね……細君が死んでから、秋川は事業から手をひいてしまったけど、手元に動かせる金を持っていることでは、日本一でしょう。神月としては、秋川の友情にたよるほか、生きる道はないんだから、どうされたって、離れないつもりでいるらしいわ」

サト子が階下《した》の客間へ戻ると、カオルもついてきて、向きあうソファにおさまった。

近くの山隈《やまくま》で、うるさいほど小綬鶏《こじゅけい》が鳴く。風が出て雲が流れ、部屋のなかが、急にたそがれてきた。美術館を出るとき、鎌倉署の中村に顔を見られたことを、ひと言、愛一郎に注意してやりたかったが、そうしてみたって、どうなるものでもなかった。

「あたし、おいとましようかな。いずれお伺いしますから、そのとき、またゆっくり……」

カオルは、隙《すき》のない顔になって、

「でも、きょう、重大な用談があって、いらしたんでしょう？」

「用なんか、ないのよ。なんということもなく、ちょっとお寄りしただけ……」

カオルは、せんさくする目つきで、サト子の顔色をさぐりながら、

「あたしに、そんな挨拶をなさるのは、ムダよ。苗木のウラニウム鉱山の話なら、よ

く知ってるから……四日ほど前、パーマーや芳夫なんかといっしょに、熱海ホテルで、叔母さまにお逢いしたわ。坂田省吾という青年にも……」

坂田省吾というのは、荻窪や阿佐ケ谷のへんを清浄野菜を売って歩く、色の黒い朴《ぼく》訥《とつ》な青年で、去年の夏ごろからの馴染《なじみ》だった。忘れたころに不意にやってきて、サトコが借りている植木屋の離家の前で牛車をとめ、縁に掛けて、半日ぐらいも話しこんでいく。

カオルが熱海で叔母に逢ったのは、ふしぎはないが、木の根っ子のようなモッサリした坂田青年が、熱海ホテルなどにあらわれるとは、考えられもしないことだった。

「坂田省吾って、青梅《おうめ》の奥で清浄野菜をやっている、あの坂田省吾のことかしら」

「ええ、そうよ。苗木の谷の鉱業権を買ったという、坂田省吾のことよ。きょう、あなたがいらしたのも、ウラニウムのことなんでしょう?」

「ウラニウムって、なんのことなの」

「秋川のところへ、話を持ちこむのは、賢明よ。十三億という金を、右から左へ動かせるのは、いまのところ、秋川ぐらいのもんだから」

奥につづくドアから、秋川がはいってきた。

「無人《ぶにん》の家で、ろくな、おもてなしもできませんが、どうか、夕食を……カオルさんも」

カオルは、すらりとソファから立って、

「あたし、失礼するわ。年忌《ねんき》のお斎《とき》なんか、まっぴらよ」

そう言うと、足でドアをあけて、あとも閉めずに部屋から出て行った。

間違いつづき

留守居を置いてあるだけ、と言っていた。材料持ちで、ホテルからでもコックを呼んで支度をさせたのだろうか。明るい吊灯《つりとう》の下の食卓にならんだ酒瓶や料理の数々は、簡単なものではなかった。

食べものは、食後の菓子まで食卓に出そろっている。たがいに給仕をしながら、やる式らしいが、食器はふたりの分しかなかった。

「愛一郎さんは?」

「愛一郎は、失礼するということでした……一週間ほど前から、みょうに元気がなくなって、食べたがらないで、困ります」

秋川は、詫びるようにいいながら、サト子のワイン・グラスに、あざやかな手つきで白葡萄酒をついだ。

「暮れかけると、肌寒むくなりますね。まあ、すこし、めしあがれ」

デザートのマロン・グラッセをつまみながら、サト子は、白葡萄酒を、ひと口、飲んでみた。栗の味と葡萄酒の味がモツレあって、口のなかが夢のように楽しい。

「おいしいわ」

秋川は、すらりと瓶をとりあげた。

「よかったら、どうぞ……」

たのしみは一度だけということはない。それに、観光季節に八幡宮の参道をうろつく、ショウバイニンのひとりだと思われているのだ。いまさら気取ってみたってしょうがない。

「いただくわ」

胃袋が暖まり、なんとなく気宇が大きくなる。中村という私服が、間もなく呼鈴を押しに来るのだろうと心配していたが、それも、さほど気にかからなくなった。

秋川は、ほどのいい間合《まあい》で、ゆったりとグラスを口にはこんでいる。それを見ていると、急にお腹がすいてきた。

東京へ帰るつもりで、昼前に叔母の家を出たが、秋川たちと美術館のティ・ルームで、お茶を飲んだきり、朝からなにも食べていない。

サト子は、鶏《とり》の手羽のホワイトソースを大皿からとって、秋川の皿にサーヴすると、いちだんと大きなのを、自分の皿へ取りこんだ。

「はじめても、よろしいの?」

秋川は、慇懃（いんぎん）にうなずくと、思いをこめたような調子で、つぶやいた。

「この家で、こんな楽しい夕食をするのは、ひさしぶりです。あなたのような方が居てくださるのだったら、好きでもない東京に、住むことはないのですが……」

なにを言いだす気なのだろうと、サト子は、フォークの手を休めて、秋川の顔を見た。

食事がすむと、折りかがみのいい四十五六の婆やが、ものしずかに食堂へはいってきた。

「お客間に、コォフィをお出ししてございます」

サト子をうながして、つづきの客間に移ると、秋川はコォフィをすすめ、椅子をひっぱってきて、サト子と膝が触れあう位置に掛けた。

「こんなところへお誘いしたのは、ゆっくりお話をしたかったからで……」

カオルの話では、事業から手をひいているが、たいへんな金持ちで、七年も前に死んだ夫人の追憶にひたりこみ、この世の女には目もくれない変人、ということになっていた。

美術館のティ・ルームで見たときの第一印象は、大学の先生か、信仰のあついクリスチャンといった、心配のない堅苦しいタイプだと思っていたが、あらためて見なおすと、目もとにシットリとうるみがつき、頬のあたりが赤らんで、意外になまめいた顔になっていた。

「おやおや、こんなことだったのか」

愛一郎を夕食からはずしたのも、カオルを仲間に入れなかったのも、はじめから仕組んだことらしい。底の浅いたくらみが見えるようで、面白くなかったが、どんなひとでも、ひとつくらいは後暗《うしろぐら》い思いを、心のなかにもっている。死んだひとの追憶にひたりこんでいるというのは、嘘ではないのだろうが、若い娘を相手にしていると、つい、こんなことも言ってみたくなるのらしい。喫茶室のテラスで、横須賀のショウバイニンたちとやりあった情けない現場を、秋川は見ている。行きずりに家へ誘って、否応なくついてくるような女なら、なにを言いかけたって恥をかくことはないのだ。

「暖炉のなかで、コオロギが鳴いていますね。このへんは、ほんとうに静かですこと。まるで、夜ふけみたい……あたくし、そろそろ、おいとましなくては……荻窪へ着くと、十時ちかくになりますから」

秋川は、コォフィをすすりながら、

「お帰りになるというのを、おひきとめするわけにはいかないが、よかったら、お泊まりください。そのつもりで、支度させてありますから……じつは、愛一郎のことなのですが、私は、イキな父親になりたいとも思わないが、子供がなにをしているのか知らないような、おろかな父親にもなりたくない」

そう言うと、なんともつかぬ微笑をしてみせた。美術館で、遠くから愛一郎のほうを、じっと見ていた、憂いにみちたあのときの顔だった。

「愛一郎は、臆病なくらい内気で、物事に熱中したりしないやつでしたが、このごろ、たれの手紙を待っているのか、毎朝、門に出て、郵便受の前で張番をするようなことまでします」

美術館のティ・ルームでお茶を飲んでいるときに、もう、このキザシは見えていた。愛一郎の父は、サト子が愛一郎の愛人だと思いこみ、あくまでも調停の役をつとめようというのらしい。

「よく眠れないようだし、日ましに痩《や》せて行くのが見える……なにか、はじまっているのだろうとは、察していましたが、きょう、美術館で、あれのすることを見て、はじめて得心がいったわけです」

サト子は、言うことがなくなって、だまってコォフィを飲んでいた。

「一週間ほど前、愛一郎は、久慈という家へ遊びに行くといって家を出ましたが、翌朝、疲れて、青くなって帰ってきました。あれは、久慈なんかの家にいたのではなくて、朝までお宅にお邪魔していたのではなかったのですか？……どこもここもグッショリとぬれているので、どうしたのだとたずねると、私の手にすがって、死んだほうがいいというようなことを言いました……あなたが、相手にしてくれないので、飯島の淵へ身投げでもしたのでしょうか」

　あの日のことは、たれにも言わないと、愛一郎に誓った。サト子は目を伏せたまま、頑固に口をつぐんでいた。

「あなたは、愛一郎のような子供は、問題にもなにもしていられないらしい。美術館のティ・ルームで、お誘いしたとき、おいでくださらないだろうと、あきらめていましたが、気やすく来てくだすったので、いくらか希望をもちました……あなたが愛一郎の望みをいれて、この家で、いっしょに住んでくださるような将来があったら、どんなにいいだろうと思って、先走ったようなことを申しましたが……」

　サト子は、心にもなく笑いながら、

「ティ・ルームのテラスで、へんな女たちと仲間づきあいをしていたのを、ごらんになったでしょう。あたしって、とんでもない女かもしれなくってよ」

　秋川は、自若とした顔でこたえた。

「あなたが、どういう方だろうと問題じゃない。愛一郎が、あんなにまでお慕いしているひとだったら、私に、なにをいうことがあるものですか……戦前、この鎌倉で、くだらない情事が盛《さか》ったことがありますが、卑しい恋愛にふけった人間は、どんな卑しい顔になるものか、私はよく知っている……愛一郎があなたに熱中するようになってから、ひとがちがったようないい顔になった。ことに、この一週間は、顔に深味がついて、おもおもしいくらいにさえ見えます……あなたと愛一郎の間が、どんなことになっているか、私にはわかっているつもりです」

おだやかに話をしているが、膝のうえにある秋川の手が、目に見えぬほど震えている。生きていれば、サト子の父も、これくらいの年になっている。子供のために、こんなにも悩んでいる父親のすがたを見るのは、サト子にとっても辛いことだった。

「愛一郎は、つまらないやつです。それは間違いのないことでしょうが、父親のひいき目では、あれはあれなりに、見どころがあるような気もしております……そういう点を、もういちど、認めてやっていただけますまいか」

ひどい間違い……愛一郎が久慈という家へはいりこんで、警官に追いつめられた、みじめな行掛りに触れなければ、秋川を納得させることができないが、ここまで話が詰まってくれれば、だまってばかりもいられない。

「愛一郎さんが、朝まで私の家にいたなんてことは、なかったんです。もしかしたら、久慈さんというお宅に、美しいお嬢さんでもいらして……」

秋川は、首を振った。

「久慈という家もたずねて行ったら、十七八の美しいお嬢さんが玄関へ出ていらした……そのときは、私もそう思ったが、すぐ、まちがいだということがわかった……そうまでして、おかくしになろうとなさるのに、こんなことをいうのは、おしつけがましい仕業《しわざ》ですが……」

これ以上、曖昧《あいまい》にしておくと嘘になる。サト子は思いきって、キッパリと言ってやった。

「おっしゃることは、わかりましたけど、正直なところ、愛一郎さんとは、一週間ほど前、たったいちど、お逢いしただけの関係なんですから、お考えちがいのないように」

秋川は、困りはてたように、腕を組んだ。

「このうえ、押しておねがいするかいもないわけだが、あれを振り放しておしまいになるにしても、あまり苦しまずに、すむように……」

言葉が、とぎれた。

煖炉の中で、コオロギが鳴いている。

「愛一郎は、絶望して死ぬつもりでいるのかもしれない……それでは困りますので、せめて、あきらめられるところまで、あしらってやっていただけたら……嫌いなものを好きになってくれなどと、バカなことを申しているのではありません。ほんのすこしばかり、やさしくしてやって、いただけたらと思って……」

サト子は観念して、うなずいた。

「愛一郎さん、どこにいらっしゃるのかしら?」

秋川は、庭のむこうを指さして、

「あれは、四阿《あずまや》にいるはずです。さっき、ひとりにしておいてくれなどと、言っていましたから」

サト子は、椅子から立ちながら、

「失礼しても、いいかしら?……愛一郎さんに、お話ししたいことがあるんです」

秋川は、湿っぽい声でこたえた。

「あなたさまは、おやさしくっていらっしゃる」

客間のつづきから庭へおりて、ガラスの囲いのある四阿の近くまで行くと、愛一郎がぼんやりと籐椅子に掛けているのが、茂りあったポインセチアの葉の間から見えた。しゃれた鋳金の把手《とって》をまわして四阿のなかにはいると、愛一郎は、もの憂い目の色で、こちらへ振返った。サト子は椅子に掛けながら、いきなりに切りだした。

「聞きたいことがあるのよ……泳いで行って、声をかけたとき、あなた、あのなかにいたんでしょう。なぜ、返事してくれなかったの?」

「ぼく、気が変になって、あそこで死ぬつもりだったんです」

そう言いながら、サト子の顔を見返した。びっくりするような美しい目の色だった。

「満潮になるのを待っているうちに、どんどん潮がひいて、夜があけるころには、いちばん低い岩まで出てしまいました」

　サト子は、遠慮のない声で笑った。

「よかったわね」

「お礼をいいたいと思って、お寝間の窓の下に、しばらく立っていましたが……」

「そのとき、あたし、なにをしていた？」

「泣いていらしたのでは、なかったのでしょうか……それで、声をかけそびれて……」

「すんだことは、いいわ。それより、あなたに言っておかなければならないことがあるの……さっき美術館を出るとき、捜査課のひとに見られてしまったのよ。あんな騒ぎをしておきながら、平気で出歩くひとも、ないもんだわ」

　美しかった目の色が消え、愛一郎の瞳《ひとみ》が、落着きなくウロウロしだした。

「ぼく、罰を受けるようなことは、なにもしていません」

「あなた、警察へ行ってもそんなことをいうつもり？」

「もちろん、そう言ってやります」

「警察じゃ、さぞ、笑うこってしょう……悪いことをしたという自覚がなかったら、溺れるまねをしたり、洞の奥に隠れこんだりすることは、いらないわけだから」

　愛一郎は、顔をあげると、抗議するような調子で言いかえした。

「でも、この世には、殺されたって、言えないようなことだって、あるでしょう……逃げ隠れしたからって、そんなふうに、かたづけてしまわれるのは、つらいな」

二十時の国電の上りが、山々に警笛の音をこだまさせながら、亀ケ谷《かめがやつ》のトンネルにつづく切取の間へ走りこんで行く。サト子の心は、一挙に東京に飛び帰り、あすからはじまる生きるための手段を、あれこれと考えながら、気のない調子でつぶやいた。

「なにを犠牲にしても、まもらなければならない名誉ってものも、あるんでしょうね……あたしには、わからないことらしいから、この話は、やめましょう。そろそろ失礼するわ」

愛一郎は、いつかの熱にうかされたような目つきになって、膝のうえにあるサト子の手をとろうとした。サト子は、嫌気になって、椅子をうしろにずらすと、愛一郎は宙に手を浮かせたまま、嘆くように言った。

「もう、お目にかかれないのでしょうか」

「あたし、あなた方のような暢気《のんき》な身分じゃないのよ。食べるために、毎日、めまぐるしいほど、キリキリ舞いをしているんです……お名刺をいただいたけど、お宅へ伺う暇なんか、なさそうだわ」

愛一郎は、力がぬけたようなようすになって、

「そんなふうに、おっしゃるようでは、パパは落第だったんですね？」

この親子は、サト子などとは、頭のまわりかたがちがうらしい。このひとの父には、間違いつづきの会話で、頭の芯がくたびれるほど悩まされたが、息子までがこんな調子では、とても受けきれない。サト子は、渋い顔になって、返事をせずにいると、愛一郎は、サト子の顔色にとんちゃくなく、

「パパは、なにか、まずいことを言って、あなたを怒らせたのでしょう……パパってひとは、そういうときには、かならずヘマをやるんだから……」

そう言いながら、四阿のガラスの囲い越しに、灯影《ほかげ》の洩れる客間のほうを指さした。

「あれを見てください……パパは参ってしまって、悩んでいるんです」

秋川は部屋のなかを歩きまわっている。カーテンに影がうつっては、また、ついと遠のく。

愛一郎を振りはなすにしても、すこしは、やさしくしてやってくれとたのんだ、秋川の情けないようすを思いだす。秋川は話の結末を案じて、椅子に落着いていることすら、できなくなっているらしい。

愛一郎は、動きまわる秋川の影を、沈んだ目つきでながめていたが、サト子のほうへ向きかえると、裾から火がついたようにしゃべりだした。

「あなたなどが、ごらんになったら、堅っ苦しい、陰気くさい人間に見えるのでしょう……むかしは元気がよすぎるくらいだったんですが、母が亡くなってから、すっか

りひっこんでしまって、古い陶磁なんかばかりヒネクリまわしているもんだから、モノの言い方を忘れてしまって、たまさか、たれかに会うと、アガって、へんなことばかり言うんです……」

「あなたのパパは、よく気のつく、おやさしい方よ……アガってもいなかったし、へんなことなんかも、おっしゃらなかったわ。あなたが夕食もしないで、こんなところにひっこんでいるのを、心配していらしたようだけど……」

「あなたは、なんでも知っているくせに、わざとわからないふりをしていらっしゃる。ごいっしょに夕食をしなかったのは、父が、あなたとふたりきりになりたがっていたので、望むようにしてやりたかったからです……それで、父はなにをお話ししたんでしょう？」

「いろいろなことを」

「父が、あなたを好きだということも？」

このひとたちの生活には、愛しているだの、好きだのということのほか、話題がないみたいだ。

「お返事のないところをみると、父は切りだせなかったのでしょう……ねえ、聞いてください。父は、頭のなかがひっくりかえるほど、あなたに夢中になっているんですよ」

「うれしいみたいな話ね……でも、それは、あなたの想像でしょう？　パパが、あなたに、そんなことを言うわけはないから」

「母が亡くなってから、ぼくたちは、仲のいい友達のようにやってきました……父が、なにを考えているか、どうしたいと思っているか、目の色からだって、ぼくには、わかるんです……美術館のテラスであなたと話している間じゅう、父は、食いつきたいとでもいうようにあなたの顔を見詰めていました……なにか言いながら、無意識にあなたの手にさわって、気がついて真っ赤になった……名刺をさしあげて、気のすすまないあなたを、むりやりここへお誘いした……女のひとに、そんな素振りをするなんて、母が亡くなってから、ただのいちどもなかったことなんです」

誤解というにしても、あんまりくだらなすぎる。サト子は、思わず、くすっと笑った。

「その話は、よしましょう」

「ぼくのような子供が、こんなことを言うのは、さぞ、おかしいでしょう。でも、父のために、このことだけは、お話ししておかなくてはならない……このごろになって、ぼくにも、やっとわかりかけてきましたが、父自身は、こんなにまで、じぶんを枯らしてしまうつもりはなかった。ああ見えても、たいへんな寂しがり屋ですから、再婚したい気はあったのでしょうが、きょうまで、ぼくが、極力、邪魔をしていたんです」

「それは、なぜ？」

「亡くなった母を、ぼくは、生きていたときとおなじように愛していますが、父も、そうあるべきだと思って、ほかの女のひとに気を散らすようなことは、絶対にゆるさなかった……ところで、きょう、父の目の色を見て、きょうまで、ぼくが、どんなに父を苦しめていたかということを、つくづく、さとりました」

　愛一郎には、つらいようなことも、冷淡なことも言わずにおいた。秋川との約束は果したのだから、もうこのへんで会話をうち切ってもいいわけだ。サト子は、間のびのした声でたずねた。

「それで、あたしに、どうしてくれとおっしゃるの？」

「これっきり、というのではなく、東京へお帰りになってから、いちどだけでもよろしいから、父のところへ遊びに行ってやってください」

　サト子は、うるさいクドキの場から解放されたい一心で、あっさりとうけあった。

「そんなことなら、おやすいご用だわ。お望みのように、してあげてよ」

　サト子が玄関へはいろうとすると、紺サージの背広を重っ苦しく着こんだ中村吉右衛門が、脇間の薄暗いところで婆やとなにか話していたが、サト子のほうへ振返って、

「こんばんは」

と低い声で挨拶した。

警察や中村がどう思おうと、意識して愛一郎をかばったおぼえはない。きのうまでは、なにを言われても平気だったが、空巣だと思われている当の青年の家で、捜査課の係官と顔をあわせるのは、さすがに、気が重かった。

「あなたでしたのね。けさほどは……」

美術館を出たときから気にやんでいた、嫌な瞬間がやってきた。

飯島の澗の海で溺れたはずのそのひとに、きょう美術館で会おうなどとは、夢にも思っていなかった。嘘もカクシもない、ギリギリの真実だが、そんなことを言ってみたところで、通じる話ではなかった。

サト子は叱られた子供のように目を伏せた。

「あたしに、なにかご用なの？」

聞えたのか聞えなかったのか、中村は、みょうな咳《せき》ばらいをして、

「外へ出ましょうや。いずれにしても、たいしたことじゃ、ありませんから」

と、ささやき、婆やに、さりげない挨拶をして、サト子を庭先へ連れだした。

荒れた花壇の縁石《へりいし》のそばで足をとめると、中村は、雲籠《くもご》りの淡い月の光を浴びながら、ひきしまった威のある顔をこちらへむけた。

「飯島の砲台トンネルの下に、洞穴がありますが、ごぞんじですか」

サト子は、すなおに、うなずいた。

「子供のころ、泳いで、あのなかへはいったもんだわ」

「そんな古い話じゃないんですよ」

中村は、ポケットから、水着用の、ナイロンのネッカチーフをだしてみせた。

「これに、おぼえがありますか」

サト子は、はっと息をのんだ。

「それ、あたしのよ……あのなかへ落したんだわ。悪いことって、できないものね」

サト子の言いかたに可笑《おかし》みを感じたのか、中村は、よく響く声で、ははは、と笑った。

「あっさり返事をしてくれたので、話がしやすくなった」

いままでの、いかつい調子がなくなり、からだのこなしが、やさしくなった。中村が葎《むぐら》をおしまげて腰をおろすと、サト子は、あわてて、そのそばへ、しゃがみこんだ。

「ねえ、聞いて、ちょうだい……あたし、あなたに、申訳ないことをしたと思っているのよ」

われともなく、サト子は中村の腕に手をかけた。罪のおそれ、というのではない。是が非でも愛一郎の死体をあげようと、ひとり漁船に残って、夜ふけまで錨縄《いかりなわ》をひいていた、真実あふるるごとき所為を思うと、じぶんのしたことなどは、薄っぺらで、目もあてられないような気持がしてきたので、きょうまでのことを、のこらず中村に話した。

「それで、そのとき？」

「洞の奥へはいったとき、愛一郎は、いなかったのよ。それは真実なの」

月に向かっているせいで、みょうに白っぽく見える中村の顔が、親しみのある微笑をうかべた。

「ここは法廷じゃないから、真実などという、むずかしい言葉をつかわなくとも、結構ですよ」

「きょう、偶然、あの人たちに会って、誘われてここへ来たというのは、絶対にうそじゃないの……それで、あたし、どうなるのかしら？」

「あなたが、心配なさることはなにもない。あの事件にしても、たいして重く見ているわけじゃありません……ただ、秋川さんのご子息があの家へはいりこんだとき、女中が騒いだもんだから、近所がみな出てきた。そのなかに、ご子息の顔を見たものも、いるわけで……」

「そんなら、あのひとを呼び出せばよかった。あたしに、そんなことをおっしゃるのは、なぜなの？」

「秋川さんのご子息が、モノを取る目的で空巣にはいったとは、思えない。秋川氏は、知名人士のなかでも高潔な方だし、子息のほうにも、悪いうわさはない……たぶん、なにか、わけがあったのでしょう。あす、軽い気持で署へ来て、事情を話してもらえば、それで事はすむのです。当人に、堅い話をするより、あなたなら、やさしく話しても、了解してもらえそうだったから……災難だと思って、あす、あなたもいっしょに……」

サト子は、きっぱりとこたえた。

「かならず、行かせるようにします。あのひとのためにも、そのほうがいいのでしょうから」

秋川は、久慈という家で美しい娘を見たと言っていた。サト子は思いついて、その話をしてみた。

「久慈さんってお宅に、きれいなお嬢さまがいらっしゃるのよ。ごぞんじ？」

「そう、きれいな方がいられたようだ」

「あたしの想像だけど、愛一郎、なぜ、あの家へはいりこんだのか、わかるみたいね」

中村は考えてから、同意するようにうなずいた。

「ひょっとすると、そういうことだったのかもしれない。それにしては、思いきったことをやるもんだ。このごろの若い連中の性情は、われわれには、わからなくなりかけているらしい」

「かりに、そうだとすると、警察へ行って、愛していたの、好きだったのと、そんな話まで、しなくてはならないんですの」

「なんであろうと、隠すのはためにならない……正午までは、支局の連中や通信員がウロウロしていますから、一時から二時くらいまでの間に、捜査主任のところへ……」

　玄関の横手の車庫から、愛一郎と山岸カオルの乗った車が走りだし、飛ぶように前の坂道を下って行った。

　中村は、じっと車のあとを見送ってから、

「逃がしたんじゃ、ないだろうね」

と、強い目つきで、サト子のほうへ振返った。

「どうか、そんなことにならないように……むずかしくなるよ」

　サト子は腹をたてて、やりかえした。

「それほど、バカではないつもりよ」

「愛一郎のとなりにいた女性は、新兵器の売込みをしたり、日本のウラニウム鉱山の調査をしたりしている、パーマーというドイツ人の秘書だが、あなた、ご昵懇《じっこん》なんですか」

ウラニウムの話が出たのは、きょう、これで二度目だ。サト子は、ぼんやりと、こたえた。

「知っているけど、昵懇というほどでもないの」

「今夜は、あなたの言うことを、信用しておきましょう」

中村は、おやすみと挨拶して、いま、車がうねり下ったばかりの道を、ひとりでポクポク降りて行った。

暗い谷間

西側へ、翼のように張りだしたところに、客間の明るい灯が見える。午後、カオルとふたりではいりこんだ、亡くなった秋川夫人の部屋の窓々が、斜め上のあたりに、薄月の光をうけて、ほの白く光っている。

中村との話合いは、思いのほか軽くすんだが、秋川の待っている客間へ、すぐ戻って行く気にはなれなかった。

貧乏の鋭いキッサキと、毎日、火花を散らして、わたりあって行かなければならない、切羽詰った目で見ると、秋川の生活は、のどかすぎて間がぬけている。サト子を、愛一郎の愛人だときめかかっているのも、どうかと思うが、慇懃《いんぎん》すぎる態度が、だいいち、じれったくてたまらない。むかしなら、我慢していられたが、生きて行くことの心配で気もそぞろで、うちあけ話などを、しんみりと聞いている気持の余裕がない。

「あす、東京へ帰ったら、また、目まぐるしく働かなくてはならない」

クラブへ顔をだしても、すぐ仕事があるとはかぎらない。そのあいだのいく日を、どうして食いつないで行けばいいのか。

サト子は、下の谷《やつ》につづく暗い坂道を、あてどもなくブラブラ降りて行ったが、その思いが、苦になって心にのしかかり、足をとめては、ため息をついた。

石高道《いしたかみち》になったところで、空鳴りのような、もの音を聞いた。せせらぎの音だと思ったら、上の松林を吹きぬけて行く、風の音だった。

「……酔っているのかしら」

その場かぎりの会話をしたあとの憂鬱が、心にまといつき、わけもなく飲んだ白葡萄酒の酔が頭に残って、ときどき、ふっと夢心地になる。

これが生酔いというものなのか、気持の張りがなくなって、生きていくことのむずかしさが、つくづくと身にしみる。

ファッション・モデルという職業も、好きではない。この仕事に適しているとも、考えていない。期待も、希望もない。食べるだけのために、行きあたりばったりに、漂い流れている感じ……頭のなかがいそがしくて、ひとを愛している暇もない。愛されたいとも、思っていない。

モデルのクラブでは、気位いの高い、むずかしいやつだと思われているらしい。こんないい加減な生活をつづけていると、いまに、夢も希望もなくなり、ひねくれた、意地の悪いオールドミスになるだろう。

カーヴになったところを曲がると、愛一郎とカオルが乗って出た車が、国道から逸《そ》れた袋のような谷の奥の崖に、のしあげるようなかっこうで止っていた。

松林を吹きぬける風の音だと思ったのは、車が走りこんできた音だったらしい。なにがあったのか、ルーム・ランプをつけっぱなしにしたまま、車のそばで言いあいをしているのが、目の下に見える。

「ドライヴだなんて連れだして、東京へ追いかえすつもりだったのね」

カオルが癇《かん》をたてた声で、愛一郎に毒づいている。愛一郎は、車のボンネットに肘《ひじ》をつき、そっぽをむいたまま返事もしない。

「返事ぐらいいなさいよ……ねえ、そうなんでしょ？」

「言わなくとも、わかっているだろう。君は、そんな頭の悪いひとじゃ、ないはずだ」

意外に錆《さび》のある声で、愛一郎がこたえた。美術館で泣きだしたときのかぼそい声とは、似てもつかぬものだった。

「あたしの頭のことは、ほうっておいていいの……ごらんなさい、裸足《はだし》なのよ。こんなかっこうで家から追いだそうって言うの？」

「君の靴とボストン・バッグは、車のうしろの物入れ《トランク》にはいっている」

「ちょっと伺うけど、きょうにかぎって、どうして、そんなにまで、あたしを追いかえしたいの？　訳があるなら、言ってみて」

愛一郎は車のうしろへ行くと、物入れの蓋《ふた》をあけて、靴を持って戻ってきた。

「あなたの、お靴」

カオルは、愛一郎の手を横に払った。靴は愛一郎の手から離れて、草のうえに落ちた。

「あたし、帰るなんて、言ってないわ」

愛一郎はズボンのうしろへ手をやった。カオルが、おしころしたような声で叫んだ。

「あなたの持っているものは、なに？　そんなもので、あたしをおどかそうというの？」

「ぼくは意気地なしなのか？　やろうと思ったら、人殺しだってなんだって、やれるんだぞ」

愛一郎は、下草のなかにしゃがみこむと、夜目にもそれとわかる飛びだしナイフで、萱《かや》のしげみをめちゃめちゃに切りまくった。

「気ちがい！　あなた、ポン中なのね」

愛一郎はナイフをポケットにおさめると、息をきりながら、やりかえした。

「気ちがいってのは、君のことだ。ゆうべも、夜中じゅう、裸足で家のなかを歩きまわっていたね……ママの部屋へはいって、なにをしようというんだ。言うことがあるなら、言ってみろ」

「あなたの言いかたは、あたしがなにをしたか、知っているという言いかたよ」

「ぼくが知っているのは、神月となにかコソコソやっているということだ。君は、たれかの持物になっているウラニウム鉱山を、ひったくりに来ている、パーマーというナチの手先なんだってね。君とパーマーと神月が、帝国ホテルのロビイで、話しているのを、この間、ぼくは見た」

カオルは、たばこに火をつけると、長い煙をふきだしながら、うたうような調子で、言った。

「あんたのような子供に、なにが、わかるというの」

「ぼくに、ものを言うなら、もうすこし、丁寧に言え……君はパパと結婚したがっているが、万一、そんなことになったら、ぼくは君の義理の子供になるわけだからね。機嫌をとっておくほうが、よくはないのか」

「万一、そうなっても、あなたのようなひと、子供だなんて思わないわ」

「失礼だけど、ぼくのほうも、そうだ」

「あなた、ひどくイライラしているようだけど、どうしたというの？」

「うるさい」

愛一郎は、露骨に軽蔑の意をみせながら、車のほうへ立って行き、崖端に衝突して傷《いた》んだところを、熱心にしらべはじめた。

それが癇にさわったらしく、カオルは、はじかれたように立ちあがると、下草のなかを走って行って、バンパー（緩衝器）のねじまがったところをのぞきこんでいる愛一郎の背中を、力まかせにこづいた。はずみで、愛一郎は頭を泥よけの端にぶつけ、両手で頭をかかえて、そこへしゃがみこんでしまった。

愛一郎は、依怙地なかっこうで、石のように凝り固まっていたが、だしぬけに振返ると、思いきり、カオルの頰をひっぱたいた。うまいところへ、あたったのだとみえて、ピシャリと景気のいい音がした。カオルは、ものもいわずに、猛然と愛一郎に組みついて行った。

見事な体当り。愛一郎は、あっさり寄り切られて、草むらにしりもちをつき、ついでに、あおのけに、ひっくりかえった。カオルのほうは、力があまって、萱《かや》のしげみのなかへ、のめりこんだが、愛一郎に手をつかまれているので、起きあがることができない。裸の足で萱原を蹴ちらしながら、あいたほうの手で、愛一郎の頭をピシャピシャ叩いた。愛一郎は、カオルの手首を、腕のなかへ巻きこんで、押えこみの型でいこうとした。カオルは怒って、愛一郎の二の腕に噛みついた。

崖端に乗りあげて、かしいでいる車のルーム・ランプの光が、まわりの荒々しい風景を、あざやかに照しだしている。つきとばしたり、ひっぱったり、間のぬけた、そのくせ、どこか残忍なおもむきのある無言の格闘は、それから、しばらくつづいたが、結局は、愛一郎がカオルに押えこまれたところで、幕になった。

カオルは、愛一郎の胸のうえに馬乗りになると、おどかすような声で、言った。

「もっとやる？　いくらでも、お相手してよ」

どうしたのか、応答がなかった。

「ナイフをだしたときの元気、どこへ行ったの？　あなた、あたしをやっつけたいんでしょう？　だったら、もっとやってみたら、どう？」

愛一郎の服の襟をつかんで揺すりながら、グダグダ言っていたが、愛一郎は、はねかえそうともしないので、張合いがぬけたのか、カオルは草むらに足を投げだして、煙草をすいだした。

西のほうの雲が切れ、海のあるあたりが、白い虹が立つように海光りしている。ルビー色の航空灯が明滅している江ノ島のうえの空を、定時のPAAが鼻唄のような爆音をひびかせながら、低く飛んでいる。谷間から吹きあげる湿った夜風が、いいほどに皮膚をひきしめ、霞《かすみ》がかかったようになっていた頭のなかが、はっきりしてきた。

秋川は客間でしょんぼりしているのだろう。遊びのような愛一郎とカオルの喧嘩を見ていたってしようがない。しゃがんでいたところから立ちあがろうとしたとき、サト子は、聞き捨てにならないひと言を聞いた。

「愛一郎さん、あなた、どこかへ逃げるつもりなのね」

愛一郎は、ギックリしたように、はね起きた。

「ぼくが、逃げるんだって？」

「あなたの部屋へはいって、スーツケース、見たわ……どこか、遠いところへ出かけるみたいね」

事情さえわかれば、署長の裁量で軽くすませると、警察では言っている。いま逃げだしたりしたら、むずかしいことになるのだ。サト子は、どういうことになるのだろうと思って、いまのところへ、またしゃがみこんだ。

愛一郎は、激したような声で言った。

「ぼくにだって、旅行する権利くらいは、あるだろうさ……行きたけりゃ、どこへだって行くよ」

カオルは、愛一郎の顔を見ながら、勝ちほこったような声をだした。

「とうとう白状した……あなた、警察がこわいのね？」

「警察が、どうしたって？」

「さっき来たのは、中村という鎌倉署の捜査課のひとよ……神奈川の警察部の渉外部にいるとき、第八軍の憲兵と喧嘩をしたせいで、鎌倉で、捜査課の外勤なんかやらされているけど、あれで、もとは海軍少佐なの」

「どうして、そんなこと知っている？」

「横須賀の保健所で、いっしょに通訳をしていたことがあるからよ……パンスケがむやみに殖えて始末がつかなくなったので、保健福祉局のウィルソンというのと三人で、『白百合』という、共済組合のようなものをつくってやったことがあるの」

「それが、ぼくになんの関係がある？」

「あのひとが玄関へ来たときのあわてかたったら、なかったわ。ソワソワして、ドライヴしましょう、なんて言ったわね。サト子さんと話しているそばを、逃げるように駆けぬけたじゃないの」

「なんのことだか、ぼくには、わからない」

「ドライヴなんかやめて、家へ帰ろうと言ったら、それでも、渋々、車をかえしたけど、国道の分れ道で中村に会ったら、ハンドルを切って、こんなところへ逃げこんで……」

「君が、ハンドルに手をかけて、無理にひんまげたからだ……おかげさまで、車のあたまがめちゃめちゃになってしまった」

「臆病なひとって、切羽詰ると思いきったことをするもんだわね……あたしがハンドルを切ったのは、あなたが中村に突っかけて、轢《ひ》き殺そうとしたからよ」

愛一郎は、顔をあげてなにか言いかけたが、ものを言うのはムダだというように、がっくりと首をたれた。カオルは腕をまわして、愛一郎の肩を抱くようにしながら、

「あなた、なにか苦しんでいるのね。あたしにうちあけてくれる気はないの？　あたしを、敵だなんて思わないで……あたしにできることだったら、どんなにでも、力になってあげますって……愛一郎さん、おこらないでね……あなたのママの古い日記、あたし、読んだわ」

「ちくしょう、ママの部屋へはいりたがるのは、そんなことじゃないかと思っていたんだ」

愛一郎は、血相をかえてカオルにつかみかかった。カオルは、手ぎわよく愛一郎をおさえつけながら、

「この間、神月の家へ行って、取っ組みあいみたいなことを、したんですって？」

「あっ、神月が言ったんだな」

「あなたが夢中になるのは、死んだママのことしかないんだから、なにがあったんだ

ろうと思って、はいって調べてみたの……なぜ、あたしをママの部屋へ入れたがらないのか、その訳がわかったわ……あんなところに、ママの古い日記を隠してあるなんて、秋川氏も知らないことなのね？」

愛一郎は、手をふり放して立ちあがると、カオルの肩のあたりを蹴りつけた。

「なんの権利があって、ひとが隠していることを、あばきだそうとするんだ？……おせっかいの、パンスケ」

カオルは、愛一郎の手をとって、

「まあ、おすわんなさいよ。お話ししましょう」

「パンスケなんていわれて、腹をたてないのか」

「あたし、パンスケよ。あなたたちの聖家族のなかへは、はいれない女なの……ドイツへヴァイオリンの勉強に行っていたとき、戦争で日本から金が来なくなったので、生活費と月謝をかせぎだすために、手っとりばやいバイトをしていた時期があるのよ。あのころ、ベルリンにいた日本人は、みな知ってることなんだから、いまさら、隠しもできないわ」

愛一郎は、草のなかに坐わりこむと、膝に手をおいて、がっくりと首をたれた。

「悪いことを言った。ゆるしてくれるね？　カオルさん」

「だから、なんでもないって、言ってるでしょう」

「読んだのは、どういうところだったのかしら？」

「なにもかもよ……あなたのママの過失のことも、あたしのママの過失のことも……あたしにとっても、たいへんな発見だったわ。あたし、山岸の子供でなくて、ほんとうは、神月の子供だったのね」

「あれは、ママの想像でしょう。そんな深いことを、ママが知っているはずは、ないんだから」

「そのことなら、あたしが神月に会って、はっきりさせるわ。あなたが、とやかく言うことはないのよ。それより、ママの古い恋文、飯島の神月の別荘の、暖炉棚の虚《うろ》に放りこんであるって、書いてあったわね。あなたが心配しているのは、そのことなんでしょう。他人のこと気に病《や》むより、そのほうの始末をするほうがいいわ。なんだったら、いっしょに行って捜してあげましょうか。久慈なら、いくらか知ってるから」

　愛一郎が首を振った。

「捜してみたけど、そこには、なかった……ママの手紙は、神月が手もとにおいてあるらしい。ウラニウムの鉱山とかを買うので、その金を、パパに出してもらえるように、ぼくに骨を折ってくれって……」

「そう言って、脅かしているわけなのね。それは、いつごろの話なの？」

「夏のはじめごろの話……ぼくが、うんと言わないと、ママの手紙を、郵便でパパのところへ送りつけるというんだ」

　小道をとざす萱をおし分けながら、中村が谷戸へはいってきた。水を浴びたように、服も靴も、ぐっしょりと濡れていた。ツカツカと愛一郎のそばへ行くと、ドスのきいた声で、中村が叱咤《しった》した。

「おい、立て……立って、おれについて来い」

脇　窓

　霧が流れるたびに、勝鬨《かちどき》の可動橋の巨大な鉄骨の側面が、水に洗われるように見えたり隠れたりしている。霧が深いので、毎朝、アパートの窓下の掘割へあがってくるポンポン蒸汽は、きょうはお休みらしい。聖路加病院の鐘が鳴るたびに、運河からカモメが舞いたつ。

　サト子は、窓ぎわの椅子に掛け、灰色の霧に白い筋をひきながら、舞いたち舞いおりるカモメの遊戯を、所在なくながめていたが、そのうちに、そうしていることにも耐えられなくなり、椅子から立って、広くもないアパートの部屋のなかをウロウロと歩きまわった。

　つわものどもの夢のあと……もとは、連れこみ専門のホテルだったが、いまは「ヴェニス荘」という、女たちだけのアパートになっている。

ベッド・カヴァーの色も、スタンドの笠の色も、なまぐさいほど、なまめかしい。いぜんは、花々しい朱だったのだろう。それが日にやけて、灰色になったベッドのそばの壁紙に、女の手蹟《て》でいろいろな落書がしてある。いまの代の主人が消そうとしたらしいが、彫るように鉛筆でニジリつけてあるので、文字のかたちが、はっきりと残っている。

(石のベンチは冷たい……木のベンチは湿っぽい……秋の逢引《あいび》き)

詩のようなものを、三行にわけて書いている……こんなのもある。

(神さま、売れば売れるものを、ひとつ、カラダのなかに持っているというのは、なんという不幸なことでしょう)

ここがまだホテルだったころ、そういう女のひとたちが、どんな思いでこれを書いたのだろう。落書の文字と文字のあいだから、やるせないためいきが漏《も》れてくるような気がする。

「売れば、売れるものを……」

読んでいるうちに、笑いだしてしまうこともあるし、キザだと思って、顔をしかめることもある。そのときどきの気分で、感銘もさまざまだが、この二三日、意味もない壁の落書の文句が、身を切るような実感で心に迫ってくる。

西荻窪の植木屋の離屋は、間代をためて追いだされ、行きどころがなくて困っていたとき、大矢シヅにこのアパートに連れこまれ、底抜けにひとのいいシヅに養われるようになってから、もう二ヵ月になる。

「他人に甘えるのは、いい加減にしておけ」

ベッドの裾に腰をおろしながら、心をはげますように、サト子は、大きな声でつぶやいた。

このアパートに連れてこられた日、大矢シヅが言った。

「おなじ部屋じゃ、いやでしょ。あいた部屋があるから、部屋はべつにするわね」

シヅは、ウィルソンというビニロン会社の東京代理店のアメリカ人にかわいがられ、そのヒキで、会社の専属のファッション・モデルになった。横須賀でやっていたようなショウバイは、キッパリとやめたと言っているが、モデルの仕事だけでは、友だちを養っていけるほどの収入のないことは、サト子がよく知っている。ウィルソンというアメリカ人と顔をあわせたことはないが、夜おそく、やってくるようなこともあるらしい。

どんなに困っても、シヅのところまで落ちこむはずはないと、サト子は、じぶんを信用しているが、じぶんを身ぎれいにしておくために、いやなことをひとにやらせ、他人の犠牲において、ぬくぬくと暮しているというのは、どういうことなのだろう。

シヅは、ゆうべもひどく酔って、夜中ちかくに車で送られて帰ってきた。着ているものを脱がせて、ベッドへおしあげるので、サト子は大汗をかいた。

骨折りを嫌《いと》うのではない。居たたまらなくなっているのは、もっとほかの事情だ。どんなに酔って帰っても、シヅは早く起きだして、仕事をさがしに出るサト子のために、食事をつくってくれる。見るからに辛そうなときでも、ニコニコ笑いながらやっている。そういうことが重なって、やりきれない心の負担になった。

サト子は、シヅにお別れの手紙を書くつもりで、衣装戸棚へ化粧箱をとりに行った。

十月はじめの長雨で、湿気のしみ通った化粧箱が、棚の中段にチョコンと載っている。外套掛《がいとうか》けには、袖口のすりきれた薄地のコートが、仕留《しと》められたケモノの皮のように、あわれなようすでグッタリとつるさがっている。間代のカタに、持物をおさえられてしまったので、身につくものといえば、上と下が色のちがう古ぼけたセパレーツと、コートと化粧箱だけ。

夏の終りに、秋川の家で受けた心のこもったもてなしのことを、フト思いだす。

「あの約束も、まだ果していない……」

東京へ帰ったら、いちど秋川をたずねると、愛一郎と約束をしたが、こんなようすになりはてては、とても出かけて行く気にはなれない。みじめになって、心が傷つくだけのことだから。

霧がうごき、上げ潮の黒い水の色があらわれだしてくる。ポンポン蒸汽が、待っていたように、窓の下の掘割へあがってきた。

しばらく怠けていたが、きょうからまた都会の雑踏のなかで、無慈悲な肱《ひじ》や拳《こぶし》で突きまくられながら、職安を回って仕事を捜して歩かなくてはならない。

「仕事が無かったら、今夜は、どこで寝るのかしら」

秋ざれの寒むざむしい町のなかを、宿るあてもなくて歩きまわるのは辛いことだが、友だちというのでもない大矢シヅの世話になっているより、よほどサッパリする。

化粧箱から書簡紙と鉛筆をだすと、窓ぎわの机の前にすわって手紙を書きかけたが、こちらの気持を伝えてくれるような、うまい言葉がうかんでこない。書く気になって書きだせば、書簡紙の裏表に、十枚くらいギッシリと書きつめても、書きつくせないような深い思いがあるが、それでは、回りのおそいシヅの頭に、よけいな難儀をかけることになる。

(おシヅちゃん、ながいあいだお世話になりましたが、きょう、お別れしようと思うの。お話しするほうが、ほんとうだけど、それでは、後をひいてゴタゴタするでしょうから、手紙で……)

溜息をつきながら、そんなふうに書きだしたが、じぶんのしかけていることの嫌らしさに気がついて、手をとめた。

むかし、夏の鎌倉の海でいっしょに泳いだこともある、という関係でしかない大矢シヅに、ふた月ものあいだ、言いつくせぬ迷惑をかけておきながら、調子のちがう会話をするのが嫌さに、置き手紙をして、コッソリと逃げだそうとしている。

サト子は、手紙を丸めて屑籠におしこむと、シヅにお別れをいうために、部屋を出た。

シヅの部屋は、あいだに部屋を三つおいて、小田原町にむいた側にある。ノックをしてドアをあけると、シヅはネッカチーフで髪をキリッとまとめあげ、かいがいしくエプロンをかけて、朝の食事の支度のできたテーブルの前に、笑いながら立っていた。

「なにしてたア？　ご飯もオミヨツケも、さめちゃうじゃないのよウ」

目のクリッとした剽軽《ひょうきん》な顔を、無理にしかめながら、飯島の漁師訛《なまり》でサト子を叱りつけた。

歩けもしないうちから、鎌倉の澗の海で泳いでいたので、アシカのようなからだつきになった。いちど、裸でいるところを見たが、八頭身どころの段ではなく、下手なニュウ・ファッションの服なんか着せるのはもったいないような、すばらしいヌードを持っている。何年ぶりかで、鎌倉で会ったときは、くずれた花のような感じだったが、ファッション・モデルになってからは、うす濁った影のようなものが消え、皮膚までが生きかえったようになった。

「ダンナサマの席は、きょうから、窓のほうの椅子よ」

そう言うと、ベッドと壁の間の狭いところを、猫のように身軽にすりぬけ、サト子と向きあう主婦の座についた。

サト子は、ダンナサマの椅子に掛けながら、なんのせいで、このひとはいつも生々としていられるのだろうと、シヅの横顔をながめた。

「ゆうべおそく、あんなに酔って帰ってきて、よく元気でいられるわね。あきれちゃう」

「酒なんか、いくら飲んだって平気さ……そんなことより、あんた、気がつかない？　部屋のなか、変ったでしょ」

なるほど、部屋のようすが変っている。化粧机のあったところに食器棚をすえ、壁の靴摺《くつずり》の三叉《みつまた》のソケットから電気コンロを二つとってご飯蒸と味噌汁の鍋をかけ、食事の間に台所へ立たなくとも、居なりで用が足りるようにしてある。

「びっくりさせてやろうと思って、早く起きて、コッソリやっちゃった……これから寒くなるから、このほうが便利よ、ねッ」

「そりゃ、このほうが便利よ……でもね、おシヅちゃん、あたし、きょう、ここを出るわ。いつまでも、あなたのお世話になっているわけにはいかないから」

「出て、どこへ行く？」

た。

「べつに、あてはないけど」

シヅは、いやだアと叫ぶと、椅子から立って、ガムシャラにサト子に抱きついてきた。

サト子は椅子といっしょに横倒しになりかけ、やっとのことで踏みこたえた。

「そんなに、あばれないで……ねえ、どうしたの」

シヅは両腕でサト子の首を抱いて、胸に顔をうずめ、

「あたし、おこってる」

と霞んだような声でつぶやいた。

「あんた、あたしなんかといっしょにいるの、ケガラワシイと思っているのね」

サト子は、シヅの肩に手をまわして抱きかえしながら、

「それは邪推よ……あなたが、あんまり気をつかうので、居づらくなったの。こんなに迷惑をかけるのは、イワレのないことだし、それに……」

シヅは、サト子の胸から顔をはなすと、大きな目で額ごしにサト子の顔を見あげた。

「イワレはあるのよ……あたしが飯島の澗で泳いでいたころ、神月の別荘へ来る女たちや、山岸のカオルなんて、ちくしょう、あたしがそばへ行くと、臭い臭いっていやがった……お別荘組のなかで、あたしと遊んでくれたのは、サト子さんだけだったわ……あなたは、なんだとも思いはしなかったでしょうけど、飯島の蟹糞《かにくそ》には、あんた

は、死ぬまで忘れられない、なつかしいひとだったのよ」

シヅは、サト子の膝からおりると、おとなしく椅子に戻りながら、

「ファッション・モデルなんて、苦労も面白味もない、ツマラナイ仕事だけど、帰れば、あんたがいてくれると思うと、ひとりでにハゲミがでるの。あんたの世話をしたり、かばってあげられると思うと、うれしくて、ポーッとしちゃう……あんたは、ここを出れば、すむんでしょうけど、残されたあたしは、どうなる？　キレイな生活をするという、気持のハリがなくなって、またもとのショウバイにズリさがることになるんだわア……おねがい。あたしを、ひとりにしないで」

サト子は、感動してシヅの手を握りしめた。

「あなたは、なんという、いいひとなんでしょう……ねえ、聞いてちょうだい。あたし、あなたに隠していることがあるの……あたし、仕事を捜しに行くといって、毎日、家を出るでしょう……でも、この一月ほどのあいだ、ぜんぜん仕事なんか捜していなかったのよ」

サト子の告白は、シヅにも意外だったらしく、

「あら、そうだったの……こんなに精をだして仕事を追いかけて、ひとつも口がないなんて、変だと思っていたわ」

「ないはずよ、捜さないんですもの……天気のいい日は、公園のベンチで、雨の日は、

画廊で絵を見たり……」

シヅは、うれしそうに手を打ちあわした。

「いいわねえ……アクセク仕事を捜しまわるより、のんきにブラブラしていてくれるほうが、あたし、好きよ……もっとお金がはいるようになったら、あんたをほんとうのダンナサマにして、きれいな家で、贅沢《ぜいたく》をさせて遊ばせておくわ……いまのところ、それがあたしの理想なの」

話が外れていきそうなので、サト子は、あわてて捻《ね》じもどした。

「待ってちょうだい……でもね、まるっきり、ぼんやりしていたわけでもないの……このひと月ほどのあいだ、公園のベンチで、これから、どんなふうに生きていこうかと、つくづくと考えていたの……どういうわけなのか、モデル・クラブのマネジャーは、あたしに仕事をくれたがらないのよ。いくど行っても、あなたは、もうすこし遊んでいらっしゃいっていうの」

「どうしたというのかしら」

「あたしにもわからないけど、それで、ガックリと行きあたったような気持になったの……生れつき、持ちあわした身体を、人体模型《マヌキャン》のかわりに売りこむほか、生きていくための技術なんか、なにひとつ身につけていないということ……これは、たれにしたって、恐ろしいことだわね。つまりは、ナマケモノの末路といったわけなんだから、あたしも考えちゃったわ……もっと、しっかりした生きかたをしないと、いずれ、たいへんなことになるだろうって……だから、あなたには悪いけど、このひと月ほど、モデル・クラブの事務所へは、いちども行っていなかったの」

「それと、ここを出るってことに、どういう関係があるの？」

「本気になって仕事を捜さないのは、食べる心配がないからだと気がついたのよ……こんなこと、みじめだわ。きょうから、職安を回って、もしあったら、どんな仕事でもやって、性根をとりもどすつもり」

「そうしたいなら、気のすむようにしなさい……いっしょに行ってあげたいけど、きょうは出たくないの……その窓から、のぞいてごらんなさい。河岸《かし》っぷちに、神奈川県の警察部の自動車がいるでしょ……あたし、なんだか、恐いのよ」

正面玄関《フロント》の土間で、髪をとばされないようにネッカチーフで頰冠《ほおかむ》りをすると、ガラス扉にうつった姿は、それなりにショウバイニンのスタイルになっている。

「おお、いやだ」

アパートの前歴を知ってから、ここを出入りするたびに、なんとなく身がちぢむ。他人の見る目など、どうでもいいようなものだけれど、生活の自信をなくしているせいか、気持の弱りで、つい、そんなことを考えてしまう。

アパートの門を出ると、サト子は、河岸っぷちにとまっている車のそばへ行って、車房のなかをのぞいてみた。そんな気がしていたが、案のじょう中村だった。ダブル・カットのスーツを着て、腕組みをし、うしろに凭《もた》れて目をつぶっている。眠っているわけではあるまい。こんなようすをしているが、これで、見るものはちゃんと見ているのだ。サト子は、脇窓のガラスを、指先でコツコツと叩いた。

「中村さん……」

中村は薄目をあけると、腕組みをといて脇窓をあけた。

「やあ、しばらく」

苦味走って、とっつきにくい感じだが、目を細くすると、笑ったような顔になる。

「カオルさんから聞いたんだけど、あなた、県庁の警察部へ戻ったんですって？……ここは少なくとも東京でしょう。こんなところでタヌキをつかったりして、たれを待伏せしているんです？」

中村は、気《け》もない顔で、こたえた。

「あなたを」

中村という人物は嫌いではないが、こういう筋合いの人間に待伏せされるのはうれしくない。サト子が不機嫌な顔で立っていると、中村は笑いながら脇扉《ドア》をあけた。

「お乗んなさい、お送りしましょう。話は、車の中でもできるから」

あの夜、秋川の家の庭で中村と約束したことがあったが、とうとう果さずにしまった。たぶん、その話なのだろうと思って、サト子は中村のとなりに掛けた。座席にヒーターが通っていて、ほんのりとあたたかい。

「雨が降りそうだから、日比谷公園はダメでしょう。泰西画廊へでも、行きますか」

このひとはあとを尾《つ》けまわして、一日の行動を見ていた。それを隠そうともしないのだ。サト子は、つんとして、切口上でこたえた。

「ブラブラするのは、もう、やめましたの」

「どこへ、お送りしましょう」

「郵船ビルのレーバー・セクション（労務課）へ行って、メイドでもなんでも、やってみるつもりなの」

「へえ、メイドにね……それもいいが、川崎の鉱山調査研究所に、雇員の口があるよ……鉱山保安局にいる由良ってのは、あなたの叔父さんだろう。相談してみたらどうです」

「叔父や叔母の世話には、なりたくないの」

「そういうことなら、話はべつだが」

中村は、車房のガラスの中仕切をあけて、運転手になにかささやいた。三丁目のほうへ行くのだろうと思っていたら、反対に水上警察のほうへ走りだした。嫌な予感がして、サト子は、われともなく筒ぬけた声をだした。

「道がちがいはしないかしら？」

中村は、笑って、

「大川端でもドライヴしましょう。たいして時間はとらないから」

むずかしい話になりそうだ。思いきって、サト子は、こちらから切りだしてみた。

「あたし、あなたに文句があるのよ」

「文句が？　伺いましょう」

「秋川の家の庭で約束したわね。愛一郎を連れて、鎌倉署へ出かけて行くって」

「あのことですか……それで？」

「こちらから行くという約束を無視して、愛一郎を警察へひっぱって行ったのね？」

中村は前窓《フロント》を見ながら、冷静な顔でこたえた。

「あいつ、秋川の家の下の道で、車をつっかけて、私を轢き殺そうとした」

「あなたに会って、のぼせあがって、ハンドルを切り損《そこな》った……なんてことも、考えられるわね」

「そのときの情況は、逆上したというようなものではなかったね……月夜で、視界のきく直線道路の上だったから、私が歩いていることは、たしかに見えていたはずなのだが、いきなり後から追っかぶさってきて、並木の幹で、おしつぶそうとした。私が道端の溝川《どぶかわ》へ飛びこまなかったら、とても助からなかったろう……悪意がないものなら、そのとき車をとめるべきだが、私が溝川へ落ちこんだのを見ながら、車を返して、谷戸《やと》の奥へ逃げて行った……ゆるしておけないから、谷《やつ》のふところで、山岸カオルと話しているところへ行って、しょっぴいてやった」

両国橋を渡りかけるころ、前窓《フロント》のガラスに、雨のしずくが、白い筋をひきはじめた。脇窓から、寒むいろの大川の水が見える。けさの霧で、上り下りの小蒸気や発動機船がどこかへ片付いてしまったので、川のおもてが、ひどく広々して見える。

急に話がとぎれたので、目の隅からうかがうと、中村は目尻のあたりを青ずませ、いまにもドナリだしそうな物騒なようすをしていた。

「すごい顔をしてるわ。あたしの言ったこと、気にさわった？」

中村は顔をあげると、深い物思いから呼びさまされたひとのような、おぼろな声でこたえた。

「……むかしのことを思いだしていたもんだから……白状しますが、じつは、私にも、よく似た経験があるんだ」

ギョロリとサト子のほうへ振返って、

「当時、私は大尉で、『足柄《あしがら》』の副長付をしていた」

といきまくような調子で言った。

「新婚早々で、鎌倉の材木座に住んでいたが、この前の戴冠式《たいかんしき》に、足柄で英国へ行って帰ってきたあと、どうしても、ある男に懲罰を加えてやらなければ、おさまらないことになった……撃っても、斬っても、恥の上塗りになるという、やる瀬ない事情なもんだから、その男を、あるところへひっぱりだして、車でつっかけて、始末してしまおうと思った……あなたも知っている人物だから、名を言ってもかまわない……その男というのは、神月伊佐吉です」

新婚早々の細君を鎌倉に残し、英国の戴冠式に行っている間に、刃傷沙汰《にんじょうざた》に及ばなくてはならないような事件が起き、そしてその相手が神月伊佐吉ということになれば、聞かなくともおおよそのところは察しられそうだったが、中村が、なぜこんなうちあけ話をする気になったのか納得がいかず、サト子は、浮かない顔で聞いていた。

そのうちに、大川に沿った、隅田公園のそばの広い道路に出た。

中村は、側窓のなかで移りかわる川岸の道を、目を細めてながめていたが、うってかわった、おだやかな口調で、

「いまの話のつづきですが、私が神月をやろうと思ったのは、ここだった……月夜でしたが、ちょうど、このあたりを私の車が走っていて、五十メートルほど前方を、神月が歩いていた……」

「おどかそうたって、だめ……」

サト子は、おしかえすようにして、笑った。

「けっきょくのところ、なにもしなかったんでしょ？　神月は、まだ生きているんだから」

中村は、もの憂そうに、うなずいてみせた。

「なぜ、やれなかったというと、神月は、こうなることと覚悟して、私の車がうしろから突っ掛けて行くのを知りながら、逃げも、走りもしないのだ……女蕩《おんなたら》しも、女狩りも、いずれ報いがあるものと、悟ってのうえのことだと思ったら、それで、殺す気はなくなった」

中村は、座席から腰をうかして、ガラスの仕切りを指で叩いた。運転手は、うなずくと、白鬚橋《しらひげばし》から浅草のほうへ戻りはじめた。

「神月は、相変らず、くだらない生活をしているらしいが、神月にたいするうらみは、その夜かぎり、私も忘れたし、家内も忘れた……家内は、銀座あたりで、ときどき神月を見かけるそうだが、いつ見ても、あのひとは美しい、こっちは、おばあさんになって、もう相手にもされないけど……などと、笑いながら話すようになりました」

余談のようなことをいっておいて、だしぬけに話題を変えた。

「愛一郎ってのは、いい青年だね……あれがやっているのは、母親の生前の秘密を、他人《ひと》に知られたくないという、おとぎばなしのようなことなんだが、やろうと思った

を誤った。

ら、どこまでもやりぬこうとする、気概のあるところが気に入った」

愛一郎の母は、秋山と結婚するいぜんに、夏の鎌倉で神月のまどわしにかかって身を誤った。

そのころ、神月に送った手紙の束が、別荘の大谷石の壁暖炉の、嵌《はめ》こみになったところに放りこんであることを知っていたが、どんなに頼んでも、返してくれなかった。夫人は、秋川からも、愛一郎からも、貞潔なひとだと思われていたので、手紙の所在を苦にして、二十年も悩んだすえ、最後の日に、告解の意もあって、その事実を日記に書きつけて死んだ。愛一郎は、最近、母の日記を読み、死んだ妻にたいする父の美しい追憶を守るために、母が思いを残した手紙の束を、とりかえそうと決心したものらしい。あの夜、サト子が聞いたのは、だいたい、そんなふうな話だった。

「そうなのよ。変っているけど、いい青年だと思うわ」

「アヤマチといっても、秋川と結婚する以前の出来事で、愛一郎には関係のないことなんだから、たしかに、変ってるね……あんないい息子を持っている秋川というひとが、うらやましくなったよ」

「すると、愛一郎は、なにもかも、あなたにうちあけたわけなのね？」

中村は、うなずいた。

「もっとも、言わせるように術を施したからなんで、そうでもしなければ、なかなか口を割らなかったろう……だが、あれは、釣りだされたとは考えていないようだ」

無慈悲な中村の横顔を見ているうちに、サト子は、手がふるえるほど、昂奮してきた。

「愛一郎が恐れているのは、美しいイメージをもっている父親に、幻滅の悲哀を味わわせたくないということなんでしょう……そんなにまでして隠そうとしている尊属の秘密を、みなのまえでさらけだしたんですか」

中村は、苦味のある微笑をうかべながら、

「そうまでのことは、しなかった……署長と捜査主任に退ってもらって、ふたりだけの対座でやった……山岸カオルの話で、むかし神月の巣だった久慈の屋敷へ、愛一郎がどんな目的ではいりこんだか、だいたい、わかっているんだが、久慈の娘の顔が見たくなって、フラフラとはいりこんだなどと突っ張るのには、弱った……久慈の娘の、暁子《あきこ》ってのを呼びだして話をさせると、久慈の娘は愛一郎に惚《ほ》れているもんだから、私に会いに来てくれたんだなどと、平気な顔で偽証して、愛一郎を庇《かば》おうとするんだ」

久慈の娘に会ったことはないが、あどけない情景が見えるようで、サト子はホロリとした。

「つらい話だわね」

「あまりかわいらしいので、扱いかねましたな……」

浜町公園の近くまでくると、中村は腕時計を見ながら、なにか考えていたが、座席から立ってガラスの中仕切りをあけ、

「遅れたようだ、急いでくれ」

と、運転手に命令した。

「十三時ジャストまでに、三原橋の十字路へ……ウィルソンの車を知っているな」

「知っております」

「十字路の角でパークしていて、築地から来る、あいつの車を見張るんだ。新橋のほうへ行くはずだから、キャッチしたら追尾して、汐留《しおどめ》のあたりで、左側について一分ほど並行して走ってくれ」

車はスピードをあげると、横降りの雨のなかを、人形町のほうへ走らせた。座席へもどると、中村はサト子にたずねた。

「どこまで話したっけね？」

「あまり、かわいらしくて、扱いかねたって」

「……だが、そんなことではすましてはおけないから、私も神月の被害者だという話をした……むかし、家内がタブラカされたことがあるという話をね」

サト子は、あきれて中村の顔を見た。

「警察というところは、必要があれば、そんなことまで道具に使うものなの？」

「どんなことだって……そうすると、愛一郎は、コロリと落ちた。なにもかも、みなうちあけたよ」

「ひどいことをするのね」

中村は、額を撫《な》でながら、

「そういったものでもない……神月は、追放解除になってから、秋川の仕送りでカツカツにやっているが、むかしの夢を忘れきれない。もういちど大きく乗りだしたいと焦《あせ》っている……恵那《えな》のウラニウムの試掘の件で、秋川にまとまった金をだしてもらいたいのだが、神月は、秋川を恐れているので、じぶんでは、言いだせない」

そう言うと、サト子に、

「あなたは、苗木のウラニウムのことは、聞いたでしょう？」

と、だしぬけに、たずねかけた。

「ウラニウムって、原子爆弾のウラニウムのこと？」

「まあ、そうです」

「いいえ、なにも」

中村はうなずいて、

「知らなければ、知らないでもいい……それで、父親に絶対なる説得力をもっている愛一郎を、おどかした……」

　愛一郎が、神月から母の古い恋文をとりかえそうというのは、母の追福のためだと想像していたが、そんなロマンチックなことでもなかったらしい。

「へえ、そんなことがあったんですか……愛一郎、どうだったの？　相手が神月じゃ、勝目はなかったでしょう」

　車は、特徴のある、鼻声のような、警笛を鳴らし、前の車を追い越しながら、猛烈なスピードで三原橋のほうへ飛ばしている。

「いや、負けちゃいなかった。神月の申し出を断わって、少年探偵モドキに、神月の屋敷を捜しまわったようなことも、あったらしい」

「あのひとなら、それくらいなことは、するでしょう」

「……捜すものは見つからなかった。愛一郎は、古い恋文を送りつけられるのを恐れて、門の郵便受の前で、張番をしていた長い時期がある」

　あの夜、扇ケ谷の家で、秋川が、あれはあなたの手紙を待って、郵便受の前で張番をするようなことまでしていると言った。サト子を、愛一郎の愛人だと思いこんでいるようでは、それほどの息子の苦労を、秋川は知らずにいるのらしい。

「飯島の久慈の家へはいりこんだのは、あの日だけでなくて、三月ほどの間に、五回以上も行っている……久慈の娘には、あなたに会いたくて、なんて、うまいことを言っていた事実もある。もっとも、そうでもしなければ、他人の家へ、そう、しげしげと入りこめるものではないから」

サト子は疑問をおこして、たずねてみた。

「すると、空巣にまちがえられたのは、なぜなの？」

「暁子のほうは、じぶんに会いにきてくれると思いこんでいるので、愛一郎がいるあいだじゅう、そばを離れないから、家捜しをすることができない。それで、あの日、暁子の留守にはいりこんだのだが、女中が代ったばかりで、愛一郎の顔を知らない。空巣だと思って、材木座の派出所へ電話をかけたので、ああいう結末になった」

三原橋の近くまで来ると、エンジンをかけたまま十字路の角でパークし、運転手が、都電の線路ごしに、築地のほうから木挽町《こびきちょう》の通りへはいってくる車を、熱心にながめだした。

中村は、横目でサト子の顔色をうかがいながら、

「ウラニウムの話はべつにして、最近、思いがけないことがあったでしょう？……たとえば、たれかが、訳も言わずに、何万ドルという金を持ちこんできた、なんてことが……」

「そんなこと、なかったわ」

サト子は、急に不安になって、

「含んだようなことばかりいわれると、こわくなっちまう……それは、あたしに関係のあることなんですか」

中村は脇窓のほうを見ながら、

「将来、そんな意外なことも、起りうるだろうということですよ。あなたはこれから、独力で、えらいやつに立ち向かうことになるんだが、見かけよりは、しっかりしているようだから、たぶん……うまく、やるでしょう」

「そんな謎みたいなことばかり言っていないで、わかるように話してください……愛一郎や秋川氏の話がでたけど、あのひとたちにも、関係のあることなんですか」

「もちろん」

「秋川夫人の古い恋文にも？」

中村は、キラリと目を光らせた。

「間接にはね……だが、そんな皮肉は言わないでおきなさい」

「ごめんなさい……すると、神月なんかにも？」

「ほかに、山岸弁護士の親子や、あなたのおばさんや……」

いきなりスタータ－がはいり、車が飛びあがるような勢いで走りだした。

「来たらしい」

木挽町の町幅いっぱいになっている車の流れから、エメラルド色のセダンが一台ぬけだし、十字路を左に折れて、新橋のほうへ走って行く。中村の車は、都電の線路を横切って後を追っていたが、汐留の長いコンクリートの塀のあたりで、並行して走りだした。むこうの運転席の脇窓と、こちらの車房の脇窓が並ぶ位置になると、中村は、いきなり座席に身を伏せた。

「むこうの車の男の顔を、見ておきなさい」

四十五六のバイヤーらしい男が、脇窓に肱をかけた無造作なかっこうで、ハンドルを握っている。額が禿《は》げあがって、首のあたりが紅を塗ったように赤い。典型的なワシ鼻で、マッカーサーの顔に、どこか似ていた。

「見たら、そこの仕切りを叩いてください」

言われたようにガラスの中仕切りを叩くと、それでスピードが落ちた。むこうの車は辷《すべ》るように新橋のほうへ遠ざかって行った。

「あのひとは、なんなの？」

「あれは、ウィルソンという男です。横須賀の女たちは、ジャッキーといっているが、あの男が、あなたの身辺に立ちまわるようになったら、用心なさい」

「用心って、どうすることなの？」

「それは、あなたの判断で……私には職務の限界があって、これ以上の助力はできない。ウィルソンという男の顔を見せて、あいつは、あぶないと、注意してあげるくらいが、せいぜいのところだと思ってください」

あとは、なにを聞いても返事をしないぞ、というような冷淡な顔で、ゆっくりと煙草に火をつけた。

ウラニウム

田村町の裏通りにある、「ジョン」というレストランの二階へ、サト子の叔母の由良ふみ子が重々しいようすであがってきた。無意味な失費を厭《いと》うので、新橋から氷雨《ひさめ》に降られながら歩いてきたのらしい。茶のオーヴァ・コートが濡れしおれている。

時はずれで、客のいない食堂のなかを見まわしていたが、通りにむいた窓ぎわのテーブルで、カオルの弟の山岸芳夫が煙草を吸っているのを見つけると、

「おや、あなただったの？」

といいながら、ボーイにコートをわたし、のたのたと芳夫のそばへ行った。

年にしては派手すぎるマチス模様のクレープのアフタヌンを着ている。歩くたびに、いっせいに贅肉《ぜいにく》が揺れるので、マチスの魚や海草が、みな生きて動く。

「山岸さんだとばかり思っていた。電話の口上は、そんなふうだったから」

芳夫は、見たらわかるだろうといったふうに、細く剃りこんだ口髭を撫《な》でながら笑

っている。由良は、嫌気な表情を露骨に見せながら、小さな椅子に大きくおさまると、うさん臭そうにジロジロと食堂のなかを見まわした。

「しゃれたみたいな、なまめかしいみたいな、へんな感じだ……どういう家なの、ここは」

芳夫は、渋いチョーク縞《じま》のスーツの膝に散った煙草の灰を、指の先で器用にはじきながら、

「この家は、アメリカ人のやっているバア・レストランで、スエーデン式の前菜を、アメリカ風にあちこちした、しゃれたオードゥヴルを食わせるので有名なんです……アメちゃんのバイヤーたちの、たまりみたいになっているんでね」

階下のサロン・バアで、楽士がピアノでドビュッシイの「金魚」を奏《ひ》いている。

「オードゥヴルはいいけど、こんなところへ呼びだして、どうしようというわけ？いくら、あなたがオマセさんでも……」

芳夫は、笑いもせずに、はじきかえした。

「そんなご心配はなさらないで……きょうは、まじめな商談がございますんです」

「あなたは、抜け目のないひとだから、むだに、ひとを呼びだすなんてことは、ないのでしょうけど……それで？」

「ここで坂田省吾と、掛けあいをやろうというのです。おばさまには、立会いくらい

のところで、おさまっていただいて……」

サロン・バアのピアノは、ショパンの「雨だれ」になった。氷雨の雨足にテンポをあわせるように、だるい調子で奏いている。由良は眉の間に嫌皺《いやじわ》をよせながら、

「サト子なんかもそうだけど、あなたがたの話って、いきなり、突っ拍子もなくはじまるので、あっけにとられてしまう」

と、投げだすように言った。

「話には、順序というものがあるでしょう。アプレ式の会話っていうのかもしれないけど、わかるように話してくれなくちゃ、わかりゃしない……ここで、坂田となにをするって？」

「掛け合いをすると申しましたが、お聞きとりになれませんでしたか」

「あなたが、あの坂田と？」

芳夫は顎《あご》をひいて、いんぎんにうなずいてみせた。由良は、相手になる気もなくなったふうで、

「聞きちがいでなけりゃ、結構だけど……掛け合いって、漫才のことですか」

芳夫は、咽喉仏《のどぼとけ》を見せながら、はっはっと笑った。

「さすがは賢夫人だけのことはある。ウガったことをおっしゃいますね……そうですよ、漫才をやろうというんです」

「心細い話だわね……この夏、熱海の会談で、腹を立てて帰ったひとでしょう……あなたなんかの誘いだしに乗って、こんなところへやってくるとは思えないね」

「かならず来ます。坂田としては、来ずにいられないわけがあるんだから」

「そんなら、なおさらのことよ。あなたみたいなひとを、むけてよこすなんて、山岸さんも、どうかしているわ……それにしても、うるさいピアノね。さっきから奏きづめだ。やめてもらうわけにはいかないの。話もなにもできやしない」

「そんなに、うるさいですか……二時間ほどの間、奏きづめに奏いてくれるように、たのんであるんですが……おばさま、お聞えにならない？……クルクル回る音が？」

由良は首をふった。

「聞えないわ。なんのことなの？」

芳夫は椅子から立ちあがると、脇卓のテーブル・クロースをまくって、棚板の上に置いたテープ・レコーダーを見せた。

「こんな仕掛けがしてあるんです……マイクは、この花瓶の中に入れてある。ピアノは、この場の雰囲気をつくるためなんで……」

レコーダーのテープの巻枠《リール》が、リズミカルにクルクル回っている。

「どこで音がする？　でたらめをいうのも、いいかげんになさい」

からかわれたのだと思って、由良は、年がいもなく大きな声をだした。芳夫は、子

供のままに発達をとめたような、年輪不明の顔に薄笑いをうかべながら、

「おばさまが、それほどオクレているとは、思っちゃいません。ちょっと、気をひいてみただけのことなんで……」

「オクレているってのは、あなたのことでしょう。こんなオモチャ、大まじめな顔で担《かつ》ぎこんでくるなんて、頭の程度が知れるわね」

「それは、考えすぎです。この家は、バイヤーたちの商談の場なので、こんなキカイを用意しておいて、お求めに応じるようになっているんです……すこし、便利すぎるようだが」

「トロくさい……第三弁護士会の会長といえば、抜目のない代表みたいなもんだと、聞いていたけど、こんなタワケたものを……」

「これは、私の思いつきでも、おやじの発明でもありません。たとえば、チューインガムね……食べものにゴムを使うことを考えたように、タンゲイすべからざる契約前の商談に、テープ・レコーダーを利用することを思いついた。これは、アメリカ人の斬新性というやつです……ドタン場になると、とかく逃口上を言ったり、嘘をついたりする日本の商人を相手にするには、こういう方法で言質をとっておくにかぎると、アメ公のバイヤーたちが言っております」

由良は耳も藉《か》さずに、

「目ざわりだから、あっちへやってちょうだい。なにをするにしても、もうすこし、まじめにやっていただきたいわ」

「そうはおっしゃるが、これは、おやじの霊感の泉なんです……世間が寝しずまったころ、寝床へはいって、こいつを枕元へ置いて、霊感のひらめくまで、何十回となく、くりかえして聞く……坂田のものの言いかた、言葉の陰影と抑揚、言いちがい、言いなおし……微妙なもののなかから、坂田の弱点を発見する……そのあとで、弁護士会のクラブへ持って行って、弟子どもを集めて、それぞれのちがう耳で聞かせて、意見を述べさせる……あなたのおっしゃるような、たわいないことじゃないんです」

由良は、渋々うなずいてみせた。

「それは、わかるけど……私が言いたいのは、そんな大切な掛け合いなら、山岸さん自身がやってくだすったらよかろうということなの」

「おやじは、蜘蛛《くも》の巣の奥にいて、蝶々トンボがひっかかって、身動きできなくなったときに、はじめてうごきだすんです……この夏、熱海ホテルで坂田と顔をあわせたことだって、蜘蛛の常識からいえば、普通には、ないことなんですね。おばさまが、うるさくいうから、出て行きましたが、あれは失敗だったと、おやじも言っていました……サト子さんのお祖父さんの、十三億の遺産のことは……」

由良が、きびしい声で訂正した。

「あたしの父です」

「ご尊父さまの遺産のアレコレは、事件として、おやじに一任なすったのだから、行きつくアテがつくまで、だまって見ていてくださるほうがいいです」

階下のサロン・バアでは、調子を換えて、ドビュッシイの「沈める寺」を奏きだした。

由良は、窓ガラス越しに、目の下の通りを、だまってながめている。賢夫人の通性で、だまりこむと、腹のなかがわからなくなる。芳夫は煙草に火をつけると、そば目だてしながら、由良のようすをうかがっていたが、七五三の子供の兵隊によく似た、かぼそい口髭を撫でながら、そろそろと探りだしにかかった。

「なにを考えているんです？　あなたが、そうしているときは、いちばん、こわいときなんだね？」

由良は、通りから目をはなさずに、つぶやいた。

「あなたのような、いい加減なひとのところへお嫁にいくサト子も、かわいそうなものだと、思っているとこなの……ほら、あそこを歩いている……いやだ、どうしたんだというんだろう。あんな、しょったれたコートを着て……」

芳夫が窓のそばへ立って行った。

葉を落しつくした街路樹の裸の枝々が、氷雨に濡れて、寒そうに光っている。着古した、玉ラシャのオーヴァ・コートに貧苦のやつれを見せたサト子が、豪勢なラクダ色の七分コートを、ふかふかと着こんだ大矢シヅに傘をさしかけられ、沈んだ顔で、街路樹の下を歩いている。

「三百五十万ドルという、遺産を身につけていることも知らずに、あんなかっこうでパンスケと相合傘で歩いているというんだ……これが、世の中というものですか」

しゃくったような言いかたが、癇にさわったらしい。由良は顔色をかえかけたが、笑顔《えがお》になって、芳夫のほうへ向きかえた。

「あたしより、あれのことをよくごぞんじだから、おたずねするのですが、サト子は、いま、どこにいます？　へんな女と連れになって歩いていたけど、あれは、なにものなの？」

「飯島の大矢という漁師の娘で、横須賀で、みょうなショウバイをしていたのが、このごろファッション・モデルになりあがって、たいへんな羽振りだというんです……築地の『ヴェニス荘』というアパートに住んでいますが、サト子さんは、あの娘に養われているというのが実情らしい……どうかしましたか？」

「困るわね」

芳夫の目が、意外な鋭さでキラリと光った。

「また、追いだす？」

由良は、背筋を立てて芳夫の顔を見返した。

「なんて、言ったの？」

芳夫は窓ぎわから離れると、レコーダーのスイッチを切って、もとの椅子におさまった。

「現在、叔母がありながら、肉親のめぐみも受けず、仕事の口にありつこうというので、氷雨の中を走りまわっている……へんな話だというこってすよ」

「サト子は、じぶんのしたいようにしているのよ」

「そうでしょうか？……いま、しょったれた格好をしていると、おっしゃったけど、あんなふうにしたのは、誰でしょう？……モデルの事務所へ行って、家へ寄りつかないで困るから、サト子に仕事をやらないでくれって、おたのみになったのは、あなたでは、なかったのですか」

「あたしです」

「西荻窪の植木屋の離屋から、サト子さんを追いだしたのも？……すこしくらい間代がたまったって、こんなことをするつもりはなかったんだが、叔母さまのたのみだから、と植木屋のおやじが、弁解していました」

「あれは意地っぱりだから、すこし困らしてやらないと、あなたのところへ嫁《ゆ》く気なんかに、なりはしないでしょ？……東京へ帰ったら、お宅へ伺うという約束で、出張手当までとっておきながら、お伺いもせず……あなたのために、急《せ》かしてやったつもりなんだけど、お気にいらない？」

「そういう恩は、着たくないもんだ……十三億をこっちへ取ろうというのは、それは、サト子さんの正当な権利だから……そのあとで、おやじとあなたが、どういう分配をするのか知らないが、私は、サト子さんだけのために、やっているつもりなんです」

「サト子だけのために？　結構でしょうとも……どのみち、あなたのところへ嫁くんだ。どんなに力を入れたって、損にはならないわねえ。三百五十万ドルという、金《きん》の裏打がしてあるひとなんだから」

由良はバカにしきった顔で、突き放すようなことを言った。芳夫はテーブルに頬杖《ほおづえ》をつきながら、ふむと鼻を鳴らした。

「それとも、ちがうようだ……金《かね》は、ほしくないことはないけど、われわれは、おばさまたちのように、ガツガツしちゃいないんですよ」

「あなたが、サト子を好きだってことは、あたしも知っているわ」

「また、ちがった……われわれの年代は、あなたが考えているほど、惚れっぽくない……むかし、夏の鎌倉で、おばさまたちがやったように、あっちこっちで、簡単にベタベタくっつくようなことはしないんですよ」

「すると、あなたの目的はなんなの？」

芳夫は、心のありかを隠そうというように、曖昧《あいまい》な表情をつくりながら、

「正直なところ、じぶんにも、よくわからないんですがねえ、なにか真剣になって打込むものがないと、私のような男は、すぐ堕落してしまうから、そんな精神で、やっているのでは、ないのでしょうか。つまりは、サト子さんのためでも金のためでもない。エゴイズムといったようなもの……」

由良は欠伸《あくび》をしながら、壁の電気時計を見あげた。

「おしゃべりは、これくらいにしておきましょう。約束は何時なの？」

「四時です」

「自信がありそうなことを言っているけど、あてになる話なのかしら」

「西荻窪へ、アメリカから、また手紙が来ていました。届けてやると言って、預ってきましたが……」

由良が椅子から身体を乗りだした。

「この前の手紙のつづき、といったようなものなの？」

「水上氏の遺言に立会った、二人の証人のうちのひとり……シアトルの有江曾太郎というひとの手紙なんですが、おばさまとしては、聞きにくいところがあるかもしれない……本来なら、長女のところへ行くはずのものが、なぜ、あなたを素通りして、お孫さんのサト子さんのほうへ行くようになったか、そのへんの事情が、その手紙に、

くわしく書いてありました」

「オセッカイな手紙だわね」

芳夫が、白々とした顔でつづけた。

「終戦の四年目に、ご尊父が乞食のような格好で、アメリカから帰っていらした……」

「目もあてられない様子だったわ」

「じぶんのもののような顔で、居すわっていられるが、飯島の家は、本来、水上氏のものなんでしょう。それなのに、着たっきりになって帰ってきたご尊父を、座敷にもあげずに追いだしてしまった」

「そんなことまで書いてあるんですか?……あなたの注釈だったら、やめておきなさい」

「そう書いてあるんです……水上氏は、行きどころがないので、郷里へ帰った。岐阜県の恵那の苗木の奥に、崩れ残っている先祖の家に住んで、ガイガー計数管を持って、付知川の谷間を歩きまわっているうちに、三万カウントのサマルスキー石にうちあたった」

「あたしが追いださなかったら、恵那へ帰らなかったはずだし、ウラニウムにも、ぶちあたらなかった……感謝していいわけじゃないかしら」

「水上氏は、そう複雑には考えなかった……単純に、あなたを憎いと思って、三百五十万ドルの鉱業権は、死んでも、あなたに渡すまいと決心した」

「むかしから、そういうエコジなひとなの」

「日本の相続法では、どんな遺言書を書いても、遺産は、一応、長女であるあなたのところへ行く……サト子さんが訴訟をおこしても、均分相続ということになって、長女なるあなたの手に、半分は残る……水上氏は、それではあきらめきれないので、証人を二人立てて、将来、サト子さんに再譲渡するという約束で、鉱業権を一ドルで坂田にわたした……有償で譲渡した形式にして、坂田にサト子さんの代襲相続をさせたわけです」

　由良は、足をバタバタさせながら叫んだ。

「たった一ドルで！……なんという気違いなんだろう」

　ネオン・チューブに灯が入り、暗くおどんでいた部屋のなかが、浮きたつように明るくなった。サロン・バアのピアノは、まだつづいている。

「そういう条件で、坂田がサト子の代襲相続をしたことは、りっぱな証人が二人もあるんだから、坂田をおさえつけるぐらいは、わけのないことだ」

「そう簡単にいくでしょうか……代襲相続というのは、言葉の上だけのことで、たとえ一ドルにもせよ、代償を払って譲り受けたのだから、坂田がノーと首を振れば、これは、どうにもならない。結局は、長い訴訟になる……おばさまは賢夫人だし、離婚訴訟で、法律の通《つう》になっていられるから、そのへんのことは、おわかりでしょうが、問題は、ほかにもあるんです」

「どんなことなのか、言っていただきましょう。ね。聞くだけのことは、聞いておく必要があるから」

「このごろ、姉が、さかんに神月のところへ出かけて行く……西ドイツから新兵器の売込みに来ている、パーマーというやつの秘書兼通訳をしていることは、ごぞんじでしょう」

「知ってるわ」

「姉は、パーマーと神月を結びつけて、ひと仕事しようとしているらしい、そういう形跡があるんです」

「神月は、これと、どういうツナガリがあるのかしら?」

「水上氏が、苗木の鉱山で砂鉄をとっていた磁気工業から、採掘権の委譲をうけるとき、神月から、いくらか金を借りている。坂田が水上氏の借金を返済したという話は聞かないから、鉱業権を移すような場合には、出資者として、神月はものをいえる立場にあるわけです」

「あんなひとが挟まっているとは、あたしも知らなかった」

「有江氏の手紙で、わかったことなんでしょ。しかし、おやじは、神月のほうは問題にしていない。秋川から仕送りをうけて、食っている状態だから、どう動きだそうと、たいしたことはない。心配なのは、むしろ秋川氏のほうです」

由良は、びくっとして芳夫の顔を見た。

「秋川って、もと開発銀行のなにかをしていた、秋川良作のことなの？」

「あの秋川……細君が死んでから、ひっこんでいるけど、買う気になれば、十三億くらいの金は、どこからでも持ってくる。アメリカの原子力委員会が、折紙をつけたほど確かなものなら、どこへもやらずに、日本にとっておきたいと、たれにしたって、思うでしょうから」

由良が溜息をついた。

「秋川までがねえ……それで、なにか、それらしいことがあるの？」

「この夏の終りに、秋川の親子が、サト子さんを扇ケ谷の家へひっぱりこんで、ひと晩、泊めたという事実があるんです……このごろ、聞いた話だけど」

「その話、あなた、たれから聞いた？」

「姉から」

「カオルさん、秋川なんかのところへも、出かけて行くんですか」

「思いたつと、夜でも夜中でも、ひとりで車で出かけて行きます。誰も居ない空家へ、寝っころがりに行くんだ、なんていっていますが、裏になにがあるのか、たれも知らない」

仮装人物

「きょうは、なにか、耳に痛いことばかり伺ったけど……」

由良が、むっとしたように、芳夫に浴びせかけた。

「つまるところ、山岸さんは手も足もでないので、あなたを通じて、そういう意向を、ほのめかしているわけなのね？」

「ひっこむくらいなら、こんな仕掛けをすることはない。おやじは坂田の急所をおさえて、横領罪へ追いこむところまで、押してみるつもりでいるんです」

由良は、凍《こご》えたような冷たい顔で、

「あたし、笑いたくなるのよ……ねえ、テープ・レコーダーというものは、あとで修正したり、言葉を差込んだり、勝手なことができるものなんでしょ。そんなものに、どれほど法的価値があるというんです？」

「離婚訴訟でコナされたせいか、いろいろなことを知っていられるので、難儀します……これは、試験勉強の虎の巻のようなものだが、法的価値がないことはない……実験してみましょう」

芳夫は脇卓のところへ行くと、巻枠《リール》を掛け替えて、スイッチをあけた。ドビュッシイの「金魚」のメロディに乗って、由良ふみ子の、（おや、あなただったの）という甲高《かんだか》い声が流れだしてきた。二人の会話に、外套置場のボーイたちの話やマネジャーの声が重なりあっている。

「この場の会話は、雰囲気で裏打ちしてある。不在証明の反対で、現場証明というやつ……ピアノのメロディや、ボーイたちの話声は、雰囲気をつくるだけでなくて、それ自体、証人なんです。この部分は、修正しようにも、できないから、法律的にも信《しん》憑性《ぴょうせい》があるわけでしょう」

ボーイが、電話だといいにきた。芳夫は、レコーダーのスイッチを切って、電話に立って行ったが、間もなく、ブラリとしたようすで戻ってきた。

「坂田でした。すぐ近くで電話をかけているらしい……忙しいから、十分ぐらいにしてくれというので、いいと言ってやりました」

考える顔つきになって、

「坂田は牛車をひくのをやめて、このごろ、毎日、東京へ出てきている。なにがあったというのかな」

由良が、あわてたように言った。

「レコーダー、レコーダー……巻枠を戻しておかなかったでしょう?」

「あっ、そうだった」

「もう来るわ。はやくなさいよ」

芳夫は、脇卓のほうへ飛んで行ったが、巻き戻すひまもないうちに、うわさのひとは、ボーイに案内されて食堂へ入ってきた。

あわてて椅子に戻ると、造花のカアネェションの間から顔をだしている、小さなマイクの頭を花の中へおしこみながら、由良のほうへ身体を倒して、

「巻枠は、折をみて巻き戻します……勘づかれるから、マイクのはいった花瓶を見つめないようにしてください」

と、ささやいたが、由良には、よく聞きとれなかったらしい。え? え? と聞きかえしているうちに、坂田省吾は二人のいるテーブルへやってきて、やあ、と無造作に頭をさげた。

「いつぞやは、熱海で……」

「わたくしどもこそ」

由良は、大ホステスの風格で、椅子に掛けたまま鷹揚《おうよう》にあいさつをかえすと、子供の手首のようにくびれた二重のあごを、芳夫のほうへしゃくった。

「この間、熱海ホテルでお会いになった山岸弁護士の長男の芳夫さん……口髭なんか

生やしていますが、これでまだ二十五なの。大学の法科を出て、いまお父さんの事務所で働いていられるんです」

トックリ・セーターにジャンパーをひっかけ、アメリカものらしい、バカげて底の厚いドタ靴をはいた坂田のようすを、芳夫は髭を撫でながら観察していたが、こいつを怒らしてみたいとでもいうように、椅子から立って、悪丁寧なお辞儀をした。

「あなたが坂田さんですか。いちど、お目にかかりたいと思っておりました。私は、シアトルの有江さんの代理です……どうか、お掛けください」

坂田は椅子には目もくれず、テーブルのそばに立ったなりで、

「いや、有江さんの伝言を伺ったら、すぐ失礼しますから」

と、淀《よど》みのない口調で言った。

五尺八寸くらい。バランスのとれた見事なからだつき。アメリカでは鉱山《やま》歩きばかりしていたということだが、皮膚の芯《しん》まで日にやけ、一流のスポーツマンに見る、健康そのもののような爽《さわやか》な印象を与える。

「でも、そうして立っていらしても、あなた……」

由良は手でシナをしながら、悪強《わるじ》いにかかった。うるさくなったのか、坂田は椅子をひっぱって、テーブルと脇卓の間に掛けた。芳夫の顔に、まずいところへすわられたという、当惑の色が浮かんだ。

「それじゃ、話が遠いから」

芳夫のほうへ陰のない笑顔をむけると、坂田は、うしろの脇卓の端に肱をかけ、長々と足をふみのばした。そのひとらしい自然さがあって、そんなようすも、無礼には見えなかった。

「ここで結構……さっそくですが、有江さんの伝言というのは、どういうことでしたか」

由良は、子供にでもいうような調子で、なだめにかかった。

「有江さんの伝言もそうだけど、このあいだのおわびに、ごいっしょに夕食でも……」

坂田は、ありありと迷惑そうなようすになって、

「ありがたいですが、電話でも申しあげたように、メチャメチャにいそがしい仕事をかかえているので……それに」

強い目つきで、部屋のなかを見まわしながら、

「ここはアメリカ人のやっている店だそうですが、こういう環境に、馴染《なじ》めないほうなもんだから」

「あら、そうなの」

由良は、大袈裟《おおげさ》におどろいてみせた。

「いえ」

「あいにく、叔母はおりませんけど、あたしでわかることでしたら」

芙蓉の花むらのうえに、白っぽい男の顔があらわれた。

「どなたもいらっしゃらないはずなのに、歌が聞えたもんですから……」

いまの稗搗節を聞かれてしまった。今日はうまくうたえたほうだが、自慢するようなことでもない。

「お聞きになった？　あんな歌、うたいつけないんで、まずいんです」

花のうえのひとは、ほんのりと微笑した。

「なにをおっしゃいます。あまりおじょうずなので……」

第一印象は童貞……あてにはならないが、そういった感じ。

二十一二というところか。男にしては、すこし色が白すぎる。ぽってりと肉のついた、おちょぼ口をし、かわいいくらいの青年だ。遠目に見たところでは、中村錦之助の兄の芝雀《しばじゃく》に、いくらか似ている。

おとなりは山本という実業家の別荘だが、こんな青年がいるとは聞いていない。たぶん夏の間借りの客なのだろうが、日焼していないのが、おかしい。

やっと、思いあたった……

「叔母が言っていた、あのひとなんだわ」

ほうが、今日の気分にピッタリする。

「野に出ておじゃれよ
　野には野菊の花ざかりよ……」

調子づいてうたいまくっていると、地境の生垣《いけがき》の間から大きな目が覗《のぞ》いた。

「あんなところから覗いている」

すごい目つきで、サト子が地境の生垣のほうを睨《にら》んでやると、それでフイと人影が隠れた。

名ばかりの垣根で、育ちのわるい貧弱なマサキがまばらに立っているだけだが、その前の芙蓉《ふよう》が、いまをさかりと咲きほこっているので、花の陰になって、ひとのすがたは見えない。

女ではない、たしかに男……灰色のポロ・シャツを着ているらしい。

生垣のむこうは、となりの地内だから、なにをしようと勝手なようなもんだけれど、じっと垣根の根もとにしゃがんでいるのが、気にかかる。

サト子は籐椅子《とういす》から腰をあげると、座敷を横ぎって、裏庭にむいた濡縁の端《はし》まで行った。

「なにか、ご用でしょうか」

生垣のむこうから、霞んだような声が、かえってきた。

書いたが、今年はお客さまですから、とお断りをいただいた。

　この家をまるごと、ひと夏、七万円とか十万円とかで貸していたので、お客さまうんぬんは、お体裁にすぎない。

　あきらめていたら、夏の終りになって、迎いがあった。

「これからだって、面白いことは、あるにはあるのよ。いいだけ遊んでいらっしゃい」

　思わせぶりなことを言い、留守番にした気で、じぶんは、こけしちゃんという、チビの女中を連れて熱海か湯河原かへ遊びに行ってしまった。

　なにをして、どう遊べというのか。犬と漁師の子供では、話にならない。土用波くらいは平気だが、海いちめんのクラゲでは、足を入れる気にもなれない。

　こんなことなら荻窪の家に居て、牛車で野菜を売りにくる坂田青年でも、待っているほうがよかった。色は黒いが、いい声で稗搗節《ひえつきぶし》をうたう。

「おれァ、お嬢さん、好きだよ」

　などと、手放しでお愛想を言ってくれる。

「泣いて待つより……」

　退屈にうかされて、サト子は、稗搗節をうたいだした。

「枯葉」などという、しゃれたシャンソンも知らないわけではないけれど、稗搗節の

クラゲの海

夏は終ったが、まだ秋ではない、その間ぐらいの季節……

沖波が立ち、海はクラゲの花園になっている。渚《なぎさ》に犬がいる。子供がいる。漁師が大きな魚籃《ぎょらん》をかついで、波うちぎわを歩いている。

秋波のうちかえす鎌倉の海は、房州あたりの鰯《いわし》くさい漁村の風景と、すこしもちがわない。

飯島の端《はな》にある叔母《おば》の家の広縁からながめると、むこう、稲村ケ崎の切通しの下までつづく長い渚には、暑い東京で、汗みずくになって働きながら夢想していたような、花やかなものは、なにひとつ残っていない。

愛憎《あいそ》をつかして、サト子は、ぶつぶつひとりごとを言った。

「風景だけの風景って、なんて退屈なんだろう」

ことしの夏こそは、この海岸でなにかすばらしいことが起るはずだったのに、叔母にはぐらかされて、チャンスを逃してしまった。

鎌倉に呼んでもらいたいばかりに、春の終りごろから、いくども愛嬌《あいきょう》のある手紙を

目次

「長らくアメリカにいらしたということですが、そんなアメリカぎらいなんですか？……そうと知ったら、おもてなしの方法もありましたのに」

口先のお愛想でつなぎながら、由良は、いきなり本題にはいった。

「有江さんのお手紙には、あなたのことが、くわしく書いてありました……カルフォルニヤの鉱山学校を卒業して、ニュウ・メキシコの鉱山で働いていらしたのだそうですね」

「古い話です」

「去年の春ごろ、日本へ帰って来て、青梅の奥で、清浄野菜の農園をやっていらっしゃるって……それほどの経験を振り捨てて、どうして、そんなことをはじめる気になったのか、私には腑《ふ》に落ちないので」

「あっさりいえば、鉱山の仕事が嫌になったからです……清浄野菜をつくることは、死んだ父の夢だったので、土地といっしょに、親父の意志も相続してやったというわけです。ふしぎなんてことは、ありません」

「野菜を売って歩くのに、いまどき、牛車に積んでいくなんて、すこし変りすぎているようね……あなたは、水上から十三億の鉱業権を譲り受けた方だから、やろうと思ったら、どんなことでもできるはずなのに、そんなふうにしていると、なにか、仮装でもしているようで、おかしいわ」

坂田は、あけっ放した顔で、はっはっと笑った。

「化けているって?……内地の生活は複雑で、たれもみな二重生活をしていますね。仮装しているように見えるなら、私の場合も、それだと思ってください……時間が惜しいから、私のほうからはじめますが、水上氏のお孫さんのサト子さん、いま、どこにいらっしゃるんでしょう?」

由良は、とぼけた顔で、たずねかえした。

「サト子に、どういうご用なんです?」

「サト子さんは、久しく西荻窪の植木屋の離屋に、お帰りにならないということですが、急いでお目にかからなくてはならない用件があるので」

由良は、そら出たといった顔で、芳夫に味な目くばせをしてから、

「なんでしたら、あたしがお取次ぎいたしましょう」

「アドレスを、おしえていただくだけで、結構です」

「あれは、小さなときから、フワフワと落着きのない娘でしたが、なまじっか、はんぱな職業を持っているので、私どもへ寄りつかないので、困ります」

「夏の終りごろ、鎌倉のお宅へ行っていらしたように、聞いていますが」

「間もなく、東京へ帰りましたが、どこへモグリこんでいるものやら、いっこうに……」

坂田は微笑をうかべながら、おだやかに、おしかえした。

「はてな……すると、いま、取次いでやってもいいとおっしゃったのは？」

由良は、ぷっくりふくれた瞼《まぶた》の間から、坂田の顔色をうかがっていたが、相手がおとなしくしているので、いきなり高飛車に出た。

「よしんば、あれの居どころをぞんじておりましても、あなたにだけは、お知らせしたくないわ。サト子の一身を、保護する意味でもね……あなたが、邪魔なサト子を、殺すだろうとまでは考えませんけれども、用心に、如《し》くはなしだから」

坂田は、目の色を沈ませながら、じっと由良の顔を見つめた。

「私が水上氏のお孫さんを邪魔にするというのは、どういうところから割りだしたことなんでしょう？」

「根拠のないことじゃないんです……先日、有江さんが、シアトルであなたが父と約束した、鉱業権の再譲渡の件を実行したかどうか、手紙でたずねてきました」

「なんのことだか、わかりかねますんですがねえ……苗木の鉱山の鉱業権は、私が水上氏から買ったので、いまのところ、ひとに譲る意志はありません。そのことは、熱海ホテルでお目にかかったとき、かねて申しあげたはずですが」

芳夫が、横あいから打って出た。

「有江さんの手紙には、そんなふうには書いてありませんでしたよ」

由良が、うなずきながら、芳夫にいった。

「あなたは手紙をコピイしたひとだから、筋立った話ができるでしょう。坂田さんに、よく言ってあげてください」

「有江さんの手紙は……」

芳夫は胸を反らすと、検事の論告のような調子でやりだした。

「水上氏とあなたが、千九百四十九年のウラニウム・ラッシュにうかされて、ガイガー計数管を持って、カナダの国境に近いほうへ出かけて行ったところから、はじまっています」

坂田は、手をあげて、冷淡にさえぎった。

「詩ですか？　詩なら、たくさんだ。またこのつぎに、ゆっくりやってもらいましょう」

芳夫は、自尊心を傷つけられた子供のように、えらい金切声でやりかえした。

「詩ではありません。告発の理由といったようなものです……その後、水上氏は落魄《らくはく》し、ひどい格好で日本へ帰ってきて、恵那の奥の郷里に落着いた……ところで、そのへんの谷のようすは、水上氏の目には、アメリカで見たウラニウムの出る谷々の形相と、あまりにもよく似ている。ガイガー計数管を持ちだして、あたってみたら、すごい反応があった……というんです」

「君は、むずかしいことを、簡単にかたづけてしまう……たいした頭だよ」

「いや、手紙の受け売りです……苗木の鉱山は、三井のあとを受けて、磁気工業が砂鉄を掘っていたが、モノにならないので、ほうりだしてしまった……アメリカでは、ウラニウム・ラッシュで、えらいさわぎをしていたが、日本では、そんなことは知らない。水上氏は、六千五百万坪、七十鉱区の鉱業権を、ただみたいな安い金で取得して、川床の砂をアメリカへ持って帰って、原子力委員会へ送ってしらべてもらったら、確度十分で、売る気があるなら、七十鉱区を、一鉱区五万ドル、三百五十万ドル、十二億六千万円で買ってもいいという話になった……そうですね？」

「その通り」

「昨年の春、水上氏は、あなたと二人で氷川丸で日本へ帰ることになったが、出帆の前夜、うれしまぎれに、シアトルの宿で、酒を飲んで踊ったりしたので、心臓衰弱で倒れた……水上氏には、前から弁膜に故障があって、自分の身体のことはよく知っている。証人を二人たてて、将来、水上サト子に再譲渡するという条件つきで、鉱業権を有償であなたに譲渡した……それが、たった一ドルだというから、バカげているじゃないですか」

「一ドルだって高価《たか》い……水上氏の臨終の依頼だから、ひきうけたようなものの、正直なところ、あんなものには、一セントだって、払う気はなかった……当時の私にとって、一ドルは、血の出るような金だったから」

　芳夫の手にあいそうもないので、由良がひきとって、搦手《からめて》から仕掛けにかかった。

「この間、伺うのを忘れましたが、父の遺骸《いがい》は、どうなっているんでしょう？」

「シアトルの、日本墓地へ埋葬しました」

「お骨にして、持って帰ってくださる親切は、なかったのね？」

「水上氏は、アメリカの土になることを望んでいられました」

「サト子はお祖父《じい》ちゃん子なので、ショックを受けると困るから、死んだことは、まだ話さずにありますが、そんなことを聞いたら、さぞ嘆くこってしょう。因果な話ですわ。そうまで嫌われるというのは」

「水上氏は、お孫さんを愛していられました……嫌っていたのは、ほかの方だったようです」

「それは、あたしなのね？　だから、あたしには遺産を残さなかった……これくらい簡単明瞭な話も、ないもんだわ」

　問題の核心を、由良はそんなふうにヤンワリと突いた。なるほど、こういう触《さわ》り方もあるものだと、芳夫が由良の横顔をながめているうちに、由良は、つづけた。

「父は、私に遺産を残したくないのだが、日本の相続法では、どうしたって私の手に入るようになっているから、そんなヤヤコシイ方法で、あなたがサト子の代襲相続をなすった……」

　坂田が、けげんな顔でたずねかえした。

「ダイシュウ……とは、なんのことです」

　芳夫は、説き聞かせるの調子で、

「あなたが、サト子さんの代理になって、水上氏の遺産を相続したことをいうのです」

　底のはいった渋い声で、坂田は、キッパリとはねつけた。

「手紙に、どうあろうと、相続なんかしたんじゃない、買ったのだ。なにを考えていらっしゃるのか知らないが、十三億の遺産なんか、現実には、存在しないものなんです」

「アメリカの原子力委員会で、確度十分と折紙をつけたと聞いていますが」

　ボーイが、食事を出してもいいかと聞きにきて、ついでに、卓上灯のスイッチをひねった。その光で、磨《すり》ガラスの花瓶のなかに仕込んだスタンド付きの小さなマイクが、シルエットになってクッキリと浮きあがった。

「確度は十分さ。そうあったらという、仮定においてね……ところでウラニウムというやつは……」

　そこまで言いかけたとき、坂田は花瓶のマイクのシルエットに気がついて、口をつぐんだ。

卓上灯のそれと見せかけてあるコードのゆくえを、目でたどっていたが、椅子から立つと、坂田は容赦のない顔になって、脇卓のテーブル・クロースをひきめくった。

「テープ・レコーダーか……」

皮肉な微笑をうかべながら、レコーダーと二人の顔を見くらべてから、ツイと手をのばして、スイッチをあけた。

由良と芳夫の会話のつづきが、ショパンの「雨だれ」のメロディに乗って、無類のあざやかさで流れだしてきた。

(おやじは、何十回となく、くりかえして聞く……坂田の言いちがい、……言いなおし……微妙なもののなかから、坂田の弱点を発見する……)

才女だけのことはあって、由良は、観念して眉も動かさなかったが、芳夫のほうは、すっかり照れて、赤くなったり青くなったりしていた。非情の巻枠《リール》は、クルクルとリズミカルに回って、山岸弁護士と由良の関係や、手のこんだ二人の計画を、あけすけに披露した。そのうちに、由良の声になって、

(サト子は、いま、どこにいます? へんな女と連れになって、歩いていたけど……)

と、いうあたりまでくると、芳夫は、窓ぎわの、差込みのソケットのあるほうへ行

こうとした。坂田の足がのびだしてきて、重いドタ靴で芳夫のきゃしゃな靴をグイと踏みつけたので、芳夫は腰をひったてることすら、できなくなってしまった。

サト子は、築地の「ヴェニス荘」というアパートにいることを聞くと、坂田は、ちょっと頭をさげて、無言で部屋から出て行った。由良は、窓ごしに通りを見おろしていたが、坂田が氷雨に濡れながら、駆けるように田村町の交叉点のほうへ急ぐのを見ると、あわてて芳夫に言った。

「はやく行って、サト子を逃して、ちょうだい……坂田に殺されてしまうわ」

踏みつけられて、手傷を負った足の甲を撫でながら、芳夫は鼻の先で笑った。

「おばさま、スリラー小説のファンだとは知らなかった。坂田がサト子さんを殺して、どうなる？　坂田はサト子さんを愛しているんです。追いかけまわすのは、そのせいなんだ……野菜を売りに出る行き帰りに、サト子さんの離屋に寄って、話しこんでいたことをごぞんじなかったのなら、威張ったような口は、きかないようになさい」

由良は、落ちこむようにソファに掛けた。

「バカな……サト子と坂田がくっついたら、それで、話はおしまいじゃないの」

女の決闘

丸の内の郵船ビルの前で中村と別れ、「レーバー・セクション」という標示の出ているところへ行くと、小石川の職安で、資格検査を受けて、労務者カードをもらって来いといわれた。

シヅを呼びだして、いっしょに職安へ行ってもらったが、英語が話せないと、時間給のひどい雑役で追い使われることになるらしい。身体がつづきそうもないので、尻《しり》込《ご》みしていると、そこの主任らしいひとが、土橋の近くの新興喫茶に、レジスターの口があるとおしえてくれた。氷雨の降るなかを、いわれたところへ行ってみると、なるほど大きな店だが、保証金が二万円いるというので、問題にもなにもならなかった。

シヅは、アメリカ・ビニロンの、ファッション・モデルに紹介すると言いだしたが、気がないので、サト子は断った。ガード下の小さな中華料理でつつましい夕食をし、二人で映画を見て、遅く帰った。

翌朝、まだ寝ているうちに、アパートの差配に起された。

「電報がきていますよ」

シアトル発信のラジオ電報だった。西荻窪の植木屋の気付で、宛名は、ミナカミサトコとなっている。シアトルでうった日付は、十月二十五日……すこし遅すぎるようだった。

「これは、いつ来たの？」

「昨日の夕方、坂田とかいうひとから、預ったんですがね」

坂田というと、坂田青年のことだろうが、どうして、ここにいることがわかったのか、ふしぎだった。

八ヒアサ　ヒカワマルデ　ヨコハマニツク　ニユウグランドニテアイタシ　アリエ

アリエ、アリエ……と口のなかでくりかえしているうちに、アメリカの北西部で、祖父が、有江というひとと共同で、鉱山の仕事をやっているという消息があったのを、思いだした。

戦後、四年目ぐらいに、祖父が弱りきって日本へ帰ってきたが、長女なる叔母は、劬《いた》わることもせずに、父を、すげなく郷里へ追いやってしまった。しょうことなく、祖父がまたアメリカへ舞い戻ってから、その話を聞いて、ひどい叔母のやりかたに、サト子は、頭に血がのぼるほど、腹をたてたものだった。

祖父は、むごい扱いをされた、娘の顔を見る気もないのらしい。水上といわずに、有江の名で電報をよこしたのは、鎌倉の叔母に知らすなという意味なのだと、サト子は判断した。

お祖父ちゃんが帰ってくる……そう思ったとたん、いいようのない、なつかしい思いが、胸にあふれ、じっと部屋に落着いていられなくなった。サト子は電報を手に持って、シヅの部屋へ駆けこむと、食事の支度をしているシヅに、いきなり抱きついた。

「あたし、やはり、ここにいられなくなったわ……おシヅちゃん、あたしのお祖父さん、おぼえているかしら？」

「忘れるわけないわ。どんなに可愛がっていただいたか！　チビや、チビやって」

「お祖父さん、この八日に、アメリカから帰ってくるのよ。これが、その電報なの」

気持がはずんでき、終りは、筒抜《つつぬ》けたような声になった。

「生きて会えるとは思っていなかったの……うれしい……あたし、もう、ひとりじゃないんだわ」

そのとき、聖路加病院の十時の時鐘が鳴った。シヅは、はっとしたように胸に手をあてた。

「あんたも、忙しくなるわね。ともかく、ご飯をすましちまいましょうよ」

そういうと、ひどくあわてて、ソソクサと飯をかっこみだした。サト子も茶碗をとりあげながら、

「はやく仕事をみつけて、せめて、お祖父さんの落着くところぐらい、こしらえてお

かなくちゃ……八日というと、あと一週間しかないから」

シヅは、箸の先に飯粒をためたまま、サト子の顔色をうかがうようにしながら、

「職安で仕事を捜す前に、もういちど、モデル・クラブの事務所へ行ってみたら？」

「でもねえ、モデルの仕事、気が重いのよ」

「それは、昨日も聞いたけどさ、あんたが考えているより、もっといい仕事がありそうな気がする。あたし、保証するわ」

そう言うと、下目《しため》になって、

「白状するけど、あんたを紹介してくれって、ビニロンのボスに、たのまれていたんだ」

と、哀願するような調子でつぶやいた。

「そうね、昨日までは、勝手なことを言っていたけど、もう、ひとりじゃないんだから、我儘《わがまま》なんて言っていられない……じゃ、これから、行ってみるわ」

シヅは時計を見ると、椅子から飛びあがって、食器をバタバタと流しへ運びはじめた。

「おシヅちゃん、なんなの？」

「これから、ちょっとゴタゴタするのよ。茶碗ひとつ、おっ欠かれたって、損だからね」

そういう間も手を休めず、サッサと部屋のなかを片付けると、テーブルや椅子を壁ぎわに積みあげた。サト子の掛けている椅子だけが、島のように一つ残った。

「だから、どうしたというのよ」

「あたしがファッション・モデルになったことが、嫉《や》けて嫉けて、しようがないもんだから、横須賀のむかしの仲間が、大勢でインネンをつけにくるんだ」

「なにになったって、あのひとたちに、関係のないことじゃありませんか」

「あいつらの世界に、そんな理窟、通らないのよ。無断で組を抜けたことを口実にして、仁義だのなんだのって脅《おど》かして、むかしのショウバイにひきもどそうというの」

サト子は、立ちかけていた椅子に腰をおろした。

「くだらない。そんなひとたち、相手にすること、ないわ」

シヅは衣装戸棚の前で、さっと服を脱ぐと、丸首シャツとスラックスの勇ましい姿になって、サト子のそばへ戻ってきた。

「立ちなよ。椅子、片付けるんだからさ」

「ここはダンナサマの席だといったでしょ。あたし動かないわ」

「あんたにまでゴテられちゃ、困るわ」

「わからないって、きめてかかっているけど、話にも、話しかたにも、よるでしょう？　あたし、会って話してみるわ」

シヅは殺気だった喧嘩のかまえになって、部屋のなかを歩きまわりながら、カスレたような声でつぶやいた。

「話では、すまないことなんだよ……あいつらが集めていた赤札（軍票ドル）を、青札（本国ドル）と換えてやったら、それがガン札だなんて、ムチャな言いがかりをつけるんだから……」

正面玄関《フロント》の扉《とびら》があくたびに鳴るブザーが、ほのかな音をつたえた。シヅは窓のほうへ行って、小田原町につづく通りを見おろしながら、

「神奈川県の自動車が、二台、いる……塀の前と、むこうの河岸っぷちに……八人は、いるな。骨が折れるよ……サト子さん、早く出て行って……あんたなんかにマゴマゴされると、負けちゃうじゃないのさ」

そんなことをいっているうちに、もう、廊下に靴音がきこえた。

「おシヅちゃん、来たわ」

ドアの前で、靴音がとまった。なかのけはいを聞きすましているふうだったが、そのうちに、ドスドスと乱暴にドアを蹴りつけた。シヅは、そっと戸口のほうへ行って、頃合《ころあい》をはかりながら、だしぬけにドアをあけた。

なりわいの渋味も辛味も味わいつくした、ひと目でショウバイニンと知れる、若いような老《ふ》けたような女が二人、不意をくって部屋のなかへよろけこんでくると、たが

いの様子がおかしいというので、男のような声でゲラゲラ笑った。

どちらも、裾《すそ》まである赤鉛筆色《レッド・レッド》のコートを着ている。それを脱げば、下は喧嘩の身支度になっていることは、胸あきからトックリ・セーターの衿《えり》が見えているのでもわかる。いい加減に笑って、笑いおさめると、目のキョロリとした、ムジナのおばあさんのような顔をした女が、

「なにさ、ひとの鼻先で、いきなりドアをあけたりして……むかしの仲間だ。もうすこし、やさしく扱ってくれよ」

もうひとりの、ずんぐりむっくりの猪首《いくび》の女は、戸口に立ちはだかって、部屋のなかを見まわしながら、

「ここは、いぜん、おれの巣だった部屋だぜ。やはり、器用に足は洗えないもんだとみえるな……モデルは看板で、ジャッキーをくわえこむのが、半商売というわけか」

肩ごしに、うしろに振返ると、

「おシヅ、お客さんだ……どこかのご令嬢さまが、お前に、ご用だとおっしゃる」

道をあけて、お辞儀をしながら、

「お通り遊ばせ……失礼さんですが、あんたさんも、お仲間さんですか」

女たちの肩をおしのけるようにして、山岸カオルがはいってきた。

「あなたの部屋をノックしてみたら、お留守だったから、たぶん、ここだと思って…

……」

シヅには目もくれず、サト子にそう言いながら、壁ぎわに積みあげた椅子やテーブルを見ると、ここではじまることを察したらしく、瘦立《やせだ》ちのみえる頰《ほお》のあたりに、人の悪い微笑をうかべた。

「お取りこみのようね……お邪魔だったかしら」

この夏の終りに、鎌倉の秋川の家で会ったときは、頭のなかの乱れが見えるチグハグな印象をうけたが、きょうは、目のなかにしっとりした情味がつき、風が落ちて海が凪《な》いだような、しずかな顔をしていた。

黒と白だけの着付で、ネットのついたトーク型の帽子の小さな菫《すみれ》の花束が、ただひとつの色彩になっている。カオルは、ハンド・バッグのかわりにもなる、豹《ひょう》の皮の手套《マフ》から右手をぬきだしながら、サト子のほうへ近づいて行った。

「こんなところに、隠れこんでいようなんて、考えもしなかったわ……あのとき、ご挨拶もしないで帰ってしまったけど、怒っているわけでもないでしょう……しばらくね、握手ぐらい、しましょうよ」

サト子は、途方にくれながら、おずおずとカオルの手を握った。

「なんだか、お丈夫そうになったわ」

カオルは、首をかしげてシナをつくりながら、

「そう見えるなら、ありがたいわ。このごろ、ゴタゴタして、たいへんにはたいへんだったんだけど……」

サト子が、たずねてみた。

「あたしがここにいること、たれに聞いた？」

カオルは、この質問を予期したうえで、

「芳夫から」

と、間をおかずにこたえた。

「芳夫のタンテイ趣味には、家じゅうが悩まされているのよ……いつだったか、泰西画廊であなたを見つけて、あとを尾《つ》けたんですって……あなたがお友だちの厄介者になっていることまでしらべあげてあるの……バカよ、あのひとは」

マジマジと、シヅの顔を見て、

「飯島の……方だったわね。あたしを、おぼえていらっしゃるでしょ？　山岸のカオルよ」

戸口に立ちはだかっている女たちが、焦《じ》れて足踏みをした。

「オレたちのほうは、どうなるんだ。簡単にやってくれえ、急いでいるんだ」

カオルはサト子の腕に手をかけて、

「うるさいわね……ともかく、出ましょうよ。きょうは、いい話があって、伺ったの」

　ひきたてるようにして、連れだしにかかると、猪首の女が扉口《とぐち》に立ちふさがって、脅しつけるような声をだした。

「ちょっと待て……そこにいるのは、水上サト子というファッション・モデルだろ。そいつにも、言いたいことがあるんだ。出て行くのは、あとにしてもらおう」

　カオルは、わざとらしく、肩ごしに戸口のほうへ振返ってから、窓際にいるシヅにたずねた。

「あの女レスラーみたいなひとたち、なんなの？」

　シヅは眼を伏せて、おどおどしながら、

「横須賀の白百合組のやつらなんですけど」

　と、謹んだ調子でこたえた。

　カオルは、乾いた眼つきで、まともに女たちのほうを見ながら、

「むかしは、こんなじゃなかった。横須賀の白百合組も、柄《がら》がわるくなったわね……いま、なにか言ったようだけど、急ぐ話だから、待ってなんか、いられないのよ。問題にもしない顔で、つっぱなしておいて、

「さあ」

　と、サト子の肩をおした。

シヅは、興奮して青くなって、小刻みにふるえながら、通りにむいた窓のそばに立って、イライラと指の爪を噛んでいる。これから、ここではじまる、みじめな光景を眼にえがくと、シヅを見捨てて、出て行く気にはなれない。

「でも、あたし、こまるわ」

サト子が渋ると、カオルはうす笑って、

「あなたがいたって、どうにもなりはしないでしょう。放っておけばいいのよ。このひとたち、こんなところで、大きな顔でジタバタできるわけはないんだから」

戸口の壁に凭《もた》れて、陰気な眼つきをしていたのが、うしろ手に隠していた喧嘩《けんか》用《よう》の砂袋《サンド・バッグ》を右手に持ちかえると、のっそりとカオルのほうへ寄って行った。

「おれたちに、どうして喧嘩ができねえんです？」

カオルは、顔をしかめながら、

「あなたたちの話ってのは、どうせ、闇ドルのことでしょ？　むこうの河岸っぷちに、横浜税関の車がとまっているわ。あんたたち、お伴《とも》つきで来たわけなのね。お望みなら、窓をあけてあげるから、言いたいことを、精いっぱいどなってみるといいわ」

砂袋《サンド・バッグ》を持ったのが、ひととき、くすんだようにだまりこんでいたが、そのうちに、どんな殺伐なことでもやりかねないような動物的な眼つきになって、

「ふン、ずいぶん、見通したようなことを、おっしゃいますね。えらそうな口をきく

あんたさんは、どこの、なんというひとです？」

と、嫌味に絡《から》みついてきた。

カオルは、相手の顔を見もせず、サト子に、

「神奈川県庁の嘱託をしているころ、このひとたちがむやみに殖えて、アナーキーになって喧嘩ばかりしているので、白百合という組合をつくって、みんながやっていけるように、してやったことがあるの……あたしを知らないようじゃ、このひとたち、ほんの駆けだしなんだわ」

と遠慮のない高調子で、笑いあげた。

「ヤマさん、しばらく」

グレーのジャンパー・スカートに、緋《ひ》裏《うら》のついたアンサンブルのコートを、マントのように羽織った、外人向きの、高級バアのマダムという見かけの二十七八の女が、そう言いながら、すらすらと部屋にはいってきた。

ロングカットの髪を、なよなよと片頰《かたほお》にたらし、レースのハンカチをひとつだけ入れた、中の透《す》けて見える花籠《はなかご》のようなマクラメのバッグを手首にかけ、馴れ馴れしいくらいなようすでカオルのそばへ行って、ベッドの端に並んで掛けた。

「お忘れですか」

カオルは、気のない顔で、うなずいてみせた。

「ああ、曾根《そね》さん、ね？」

「曾根です。おぼえていてくだすって、光栄だわ。すっかり、ごぶさたしちゃって」

「忙しけりゃ、けっこうよ……あなた、いま？」

「横浜の山下町で、小鳥の巣箱のような、ちっちゃなバアをやっていますの」

「その話、誰かから聞いたわ……どうなの？」

「このごろ、いくらか格好がつきかけたんですが、ドル小切手の偽造事件以来、税関の監視員がうるさくなって……いいことって、ありませんわねえ」

「横浜といえば、鎌倉で、捜査課の外勤をやらされていた中村が、また神奈川の警察部へ戻っているらしいわね」

曾根は、苦っぽく笑いながら、

「こわいひとが、横浜へ戻って来たので、ビクビクしながら商売していますわ」

カオルは、戸口に立っている女たちのほうへ流し目をくれながら、曾根に、

「サト子さんもあたしも、二時にランデ・ヴーがあるんだけど、あのひとたち、ここから出してくれないの……どういう騒ぎか知らないけど、あたしたちまで巻添えになるのは、迷惑よ……そのひとなどは砂袋《サンド・バッグ》みたいなものを持っているようだけど、時代がちがうんだから、タワケたことはいいかげんによすほうがいいわね」

「あら、そんなものを持っているんですか。よく言っておいたんですが、バカだから

……」

曾根は恐縮したみたいに、かたちだけのそぶりをして、

「そこにいらっしゃるのは、水上さんですね？……お話を伺えば、それですむことなのに、シヅが、妙につっぱるもんだから、こんなことになっちまって……」

と、やさしいくらいの調子でこたえた。

シヅが、どんな目にあわされるのだろうと心配していたが、相手がやさしく出て来たので、サト子は、うれしくなって、

「あたし、水上ですけど、話ですむのでしたら、どんなことでも」

曾根は、サト子と向きあう椅子に移ると、しんみりと話しこむ格好になって、

「ごぞんじだろうと思いますが、話ってのは、ウラニウム鑛のことなんです」

ウラニウムという言葉を聞くのは、これで三度目だが、正面切ってたずねられても、知らないことなので、返事のしようがなかった。

「わかるように、説明していただきたいわ。ウラニウム鑛って、なんのことでしょう」

曾根は、探るような眼つきでサト子の顔をながめまわしてから、戸口にいる猪首の女に、命令するような調子で言った。

「水上さん、ごぞんじないそうよ。あんた、わかるように話してあげて」

猪首のが、りきみかえったようすで、どもり、どもり、言った。

「そこにいる水上さんとこへ、何億という財産がころげこんで……そうしたら、水上さんの叔母テキだの、山岸という弁護士だの、坂田とかいうアメリカくずれだの、それから、秋川という大金持だの、その息子だの、欲の皮のつっぱったやつらが、総がかりになって、ひったくりにかかったので、水上さんは切《せつ》なくなって、おシヅのところへ逃げこんできて、おシヅとウィルソンに、身柄は任せるからよろしくたのむと、委任状を渡したんだって……あたしの聞いたところじゃ、それが、ウラニウム鑛のモトになる話なんです」

曾根は、目カドを皺《しわ》めながら、

「水上さん、おわかりになったでしょう」

と言いながら、サト子の顔をのぞきこむようにした。

いま、じぶんを中心にして、目に見えぬ気流のようなものが渦を巻いているような感じがする。それは、愛一郎が飯島の久慈という家に忍びこんだことにも、叔母の熱海行きにも、山岸芳夫との結婚をおしつけられたことにも、大矢シヅが今日まで世話をしていたことにも、すこしずつ関係があるらしいふうだった。

ひとの知らない片隅で、ひっそりと生きていくことを理想にしている、貧しい平凡な娘をとり巻いて、このひとたちが、なんのために、いきりたったり、腹をたてたりしているのかわからない。

サト子にしても、どういうことなのか、知りたいと思わないわけはないが、このふた月ほどの間、あてもなくブラブラしているうちに、いぜんのような元気がなくなり、どんなことにでも、きっぱりとした決断をくだすことがむずかしくなった。

こうなるには、それだけのわけがある。夏の終りごろ、飯島の近くで、いい気になってチョコチョコしたばかりに、いうにいえぬ苦い経験をなめた。

二十四という、中途半端な年ごろの、娘の心のなかにある意想《いそう》のすべては、どれもみな情緒たっぷりで、真実からほど遠いところで霞んでいる。ひとりで気負《きお》って、愛一郎という青年を庇《かば》いだてするような真似をしたが、現実は、サト子が考えているような、甘いだけのものでなかったことを知って、目がさめたようになった。

人生の端っこをのぞいたばかりなのに、なにもかも知りぬいているみたいに、いい気になって差し出るのは、やめたほうがよろしかろう。ひどくゴタゴタしているようだが、これだって、案外、愚にもつかぬことなのかも知れない。なにもわからないくせに、興奮することも、イライラすることもいらない。カオルや大矢シヅを向うにまわして、ぬきさしのならないところで問い詰めてやるのは、相当、精力のいる仕事なのだろう。ギリギリの最後になったら、それだって恐れはしないが、いまのところは、ものの意味が、ひとりでにわかりだしてくるのを、気長に待っているほうがいい。

サト子が、ぼんやりした顔をしているので、曾根は、おいおい険相な風情《ふぜい》になって、

「ねえ、水上さん、だまっていないで、なんとかおっしゃっていただきたいわ」

といらと、膝頭で、サト子の膝をグイとニジリつけた。

サト子は、そっと膝をよけながら、

「だから、わかるように、話してくださいと申しあげたでしょう？　うかがっていますわ」

「ウィルソンが、一枚一ドルで、香港の宝彩《ほうさい》のようなものをつくってきて、水上サト子の何億かの財産を安定させるには、先立って、坂田とかいうひとから、鉱業権を買戻すことになるのだが、ひと口、乗っておけば、一枚について、本国ドルで、一ドル五十セントになって返ってくるというんです……水上さんの話は、シスコあたりの新聞にも、大きく出たそうですし、たかが一ドルのことだし、それに、軍票弗《ピンク》で買うと、五割の利子がついて、本国弗《グリーン》になって返ってくるというところが魅力なんで、大勢のなかには、五年がかりで貯めこんだ更生資金を、そっくりつぎこんだ、なんてのもいるんです」

コートのかくしから、小さく折りたたんだ二ページの邦字新聞をとりだして、

「これは、汎《パン》アメリカン航空のスチュワーデスが持って帰った『シアトル日報』ですが、こんな記事を見ると、やはり不安になって……」

サト子に渡しかけると、カオルは、二人の間に割りこんで、

「そんなものを、ひけらかしたって、どうにもなりはしなくってよ」

と言いながら、曾根の手にある新聞を、払うようにおしかえした。

「曾根さん、あなた、なにか見当ちがいしているようだけど、こんどのことについては、サト子さんは、なにも知らない……というより、まるっきり、なにも知らされていないんだから、そんなものを見せたって、途方に暮れるだけのことだわ」

曾根は手に新聞を持ったまま、怒りをひそめた白っぽい顔になって、

「あたしなどは、どうせ、学も知恵もない女だから、こんな考えかたをするんでしょうが、この問題のご当人は、ヤマさん、あなたじゃなくて、そこにいらっしゃる水上さんだと思うんだけど」

カオルは、首をかしげて、

「わからない……あなたのおっしゃりたいのは、どういうことなの？」

「気にさわったら、おわびしますが、正直なところ、あなたからお話を伺っても、しようがないように思うんです」

カオルは豹の皮の手套《マフ》のポケットからシガーレット・ケースをだして、煙草に火をつけながら、

「あたしの言いかたが、足りなかったのかしら。こんな赤ん坊みたいなひとに、むず

かしいことを言いかけてみたって、あなたがたの気のすむような返事はできなかろうということを、言ったつもりなんだけど」

曾根は、張りあうように煙草に火をつけ、しっかりと腰をすえたかまえになって、

「あたしどもには、そのへんのところが、よくわかりかねるんですがねえ……何億という財産が、どうにかなるというのに、ご当人が、ぜんぜん知らないというのは、どういうことなんでしょう？　講談なんかに、ありますわね。お家騒動とか、お家乗っ取りとか、そういったスジなんですか」

カオルは、下目に曾根を見おろすようにしながら、

「お家騒動どころの、だんじゃないのよ。いくらもない、乏しい日本のウラニウムの鉱業権をソヴエットとか、アメリカとかへ売りわたして、掘ろうにもどうしようにも、日本人には手が出せないようにという、あくどい計画があるんだって……曾根さん、あなたなんかも、そのほうに、ひっかかりがあるんじゃなくって？」

曾根が、なにか言いかけるのを、カオルは、おさえて、

「それは、話だけのことでしょうが、そのほかにも、むずかしいひっぱりあいがあって、モメているけど、いずれは、おさまるところへおさまるんだから」

「それァ、おさまるには、ちがいないでしょうけど」

と、曾根がセセラ笑った。

カオルは、のどかな顔で、

「だから、知らせずにすむなら、途中のよけいなイザコザは、サト子さんに知らせずにおきたいというの。わからないことなんか、なにもないでしょう……あなたも、すこし、どうかしているわ。闇ドルの話なら、こんな筋ちがいなところで焦げついているより、直接、ウィルソンにかけあうほうが、早かないかしら。ウィルソンは、いま、麻布 笄町《こうがいちょう》の、もと宮さまのお邸《やしき》に住んでいるわ」

「笄町の邸というと、公園のような庭のついた御殿のことでしょう？　あれがウィルソンの巣だぐらいのことは、あたしたちも知っていますわ」

「知っているなら、早く行って、つかまえなさいよ、どこかへ飛んで行ってしまうかもしれないから」

曾根は、手先でシナをしながら、

「よく、ごぞんじのくせに、あなたもひとが悪いわ……あの家は、横浜税関の差押物件《さしおさえぶっけん》になったのを、ヤマさんのご尊父さま……といっちゃいけないかな……ウィルソンの顧問弁護士の山岸さんが、異議の申立をして、事件の審理がすむまで、そちらの管理になっているんだそうですわ。中村さんや、税関の連中が、出たりはいったりしているだけで、ウィルソンなんてえものは、とうのむかしに、あそこに住んじゃいないんです」

いままで黙りこんでいた、ずんぐりしたほうの女が、だしぬけに、ものを言った。

「おシヅに、ジャッキーの居どころを吐かせようと思うんだが、秘《ひ》しかくして、どうしても言いやがらねえんです」

サト子は、そっとシヅのほうを見た。シヅは依怙地な表情を顔にためたまま、眼も動かさなかった。

カオルは、おひゃらかすように、女たちに言った。

「あなたたち、曾根さんに扱われているんじゃないかしら。曾根さんは、ウィルソンのアミだってことだけど、このひとが知らないんじゃ、ほかの人間が知っていようわけがないでしょう。おかしな話だわ」

曾根は、なんの苦もないようすで、

「アミというのは、メカケってことですか。あいかわらず、お察しのいいことで……あたしがウィルソンのアミだなんて、誰からお聞きになった？」

と、なよなよと問いかえした。

「あなたのお嫌いな中村から……」

と、カオルがつっぱねた。

「ジャッキーなんていって恍《とぼ》けている、ウィルソンという男は、もとGHQの保健福祉局で、つまらない仕事をやっていたけど、じつは、陸軍省とかの情報少佐で、すごい権力のバックをもっている、軍人官僚のピカ一なんだって……中村が調べあげたんだから、これは、まちがいのないところなんでしょう」

　曾根は、おどろいたように目を見はって、

「ひとは見かけによらないものね。あのジイちゃん、そんなえらいひとだとは、思いもしなかったわ」

「中村も、そう言っていたわ……あの家にしてからが、そうなのよ。固いうえにも固い、官僚のコチコチが、第三国人の闇商人が住むようなバカでかい家に住んで、不良外人ぶって、密輸入の真似をしたり、ほしくもない女を囲ったりするのは、なんのためなんでしょう？　ごぞんじならおしえていただきたいもんだわ」

「政治の話ですか？　あたしどもには、政治のことは、さっぱり……あなたは、ナチの大立物だった、パーマーのアミだということだから、そんなほうは、おくわしくっていらっしゃるんでしょうけど……パーマーというひとは、西ドイツから、特殊兵器の売込みにきているなんて言っているけど……」

「特殊兵器どころか、光学機械だの、グラス・ファイバーだの、アセテートだの、いろいろよ。なんだかしらないけど、ゴッタに持ちこんで、汗をかきかき商売をしているわ」

「あたしが聞いたところでは、そのへんのところが、ちょっとちがうようなんですけど……西ドイツだなんて言ってるけど、ドイツもずうっと東寄《ひがしよ》りの、ソヴエットに近いほうに籍があるんだって。横浜《はま》の外人たちは、ソヴエットの経済スパイだろう、なんて言っていますわ……さっきのウラニウムのことですけど、輸出禁止の法律がないのをいいことにして、日本のウラン鉱の標本がさかんにソヴエット方面へ流れているんだそうですね……ヤマさん、あなたあたりがシテになって、あれこれとなすっているんじゃ、ありません？」

「パーマーのメカケは、あたしひとりじゃないの。あたしは化織のほうの係で、グラス・ファイバーやアセテートの売込みをしています。手代《クラーク》がわりというところよ。話ってものは、よく聞いてみないとわからないもんだわね」

あっさりと笑い流して、手套《マフ》をとりあげ、

「きょうは、これで失礼するわ……サト子さん、行きましょう」

と、椅子から立ちかけた。サト子は、解放された思いで、いそいそとベッドの端から腰をあげた。

曾根は、戸口にいる女たちに、すばやく眼くばせをしてから、

「まァ、待ってくださいよ。せっかく、こうしてやってきたんだから、せめて、話のカタだけでもつけてください」

カオルは、曾根の肩のあたりを見おろしながら、

「話って、なにやら籤のことなの」

「ええ、そのことなんです」

「サト子さんとしちゃ、そんな話、初耳でしょう。ぜんぜん、関係のないことだわ」

「そうは、いきませんわ……あたしどもは、水上さんという、たしかな保証があったればこそ、信用をして、なけなしのドルをはたいたので、たとえ、ごぞんじなくとも、関係がないじゃ、通らないはずだと思うんですけど」

「サト子さんは、仕事がなくて、そこにいる大矢というひとに養われていることは、あなたたちだって知っているでしょう。逆さに振ったって、サト子さんの財布からは、十円の真鍮玉ひとつころげだしはしないわ、お気の毒だけど」

「財布になくとも、水上さんの身体には、ステージにおしだせばすぐ金になる、人気《にんき》というものがついているんだから」

「そんな下素《げす》なことをいうなら、あたしもいうわね……そこにいる大矢というひとが、サト子さんを養っていたというと、聞えがいいけど、サト子さんの部屋代と食費を、キチンキチンとウィルソンから取りあげていたんだって？　あたしのほうには、そこまでの調べが届いているんです……サト子さん、あなた、こんなこと、知らなかったでしょう。恩にきせて、こんなところへとじこめておいて、そのあげく、どうするつもりだったのか、大矢というひとに聞いてごらんなさい」

シヅは、はっと眼を伏せて、立ちすくんだようになっていたが、居たたまらなくなったのか、どっと勝手の流し場へ駆けこんでしまった。

カオルは、落着きはらって、

「そのひとたちの喧嘩のこしらえってのが、あたしには、おかしくってしようがないのよ。八百長でしょう？　大矢ってひとは、あなたたちと一味だってことは、これで底が割れたんだから……ねえ、曾根さん、あたしにしたって、ここまでのことは、言うつもりはなかったの。あなたがつまらない絡みかたをするから……どう？　もう、このへんでよしましょうよ」

カオルの言ったことが、通じたのか通じないのか、曾根は、それにおっかぶせるように、

「おシヅが、水上さんをどうとかしたって、それァ、こちらの知らないことですわ。あたしたちとしては、水上さんから、いくぶんの報償をいただければ、それでおさまると言っているんです」

「この数学は、微積分よりむずかしいわね……かりに、あなたたちの言い分をとおすとして、金もないのに、どうすれば報償ができるのかしら。おしえていただきたいわ」

「アメリカのビニロン会社で、新しい製品の宣伝をするので、水上さんを、ぜひモデ

ルにって言っているんです。長い契約にして、思いきりギャラを出すそうですから、それで、あたしどものほうの報償のいくぶんを……」

カオルは、だしぬけに、ほほほと笑った。

「そういう話のムキでは、この会談は長びきましょう……サト子さんには、扱いかねるでしょうから、あたしが代理になってご相談しましょうか……サト子さん、あなた、狐につままれたような顔でトホンとしているけど、あたしたち、なんの話をしているのか、わかっているの？」

と、からかうようにサト子にたずねた。サト子は正直にこたえた。

「聞いてもいなかったけど、なんの話だか、ちっともわからないのよ」

「相変らず、おっとりとしているわ。あなたに関係がないこともないんだけど、あたしが埒《らち》をあけてあげます。任してくださるわね」

サト子は、めんどうくさくなって、考えもせずに投げだしてしまった。

「さっきから、うんざりしているのよ。どうでも、いいように」

カオルは、曾根のほうへ向きかえて、

「お聞きのような次第ですから、サト子さんは、このイザコザから外《はず》していただきましょう……サト子さんの部屋へ行って、五分ばかり話して、すぐ戻ってきます。おだやかな話しあいになるとはかぎらないから、喧嘩の用意でもなんでもして、待っていて……サト子さん、いらっしゃい」

大矢シヅが、流し場で泣いている。なにか言ってやりたかったが、マゴマゴしているうちに、カオルに廊下へおしだされてしまった。

さまざまな意匠《いしょう》

サト子の部屋へ行くと、カオルは手套《マフ》をベッドのうえになげだして、グッタリと向きあう椅子にかけた。

「頭の悪い連中の相手になっていると、芯《しん》が疲れるわ」

サト子は、調子をあわせるように、曖昧《あいまい》にうなずいてみせた。

「なかなか、たいしたもんだったわ」

カオルは、だるそうにテーブルに肱をつきながら、

「ひとごとみたいに言うわね。あなたのお祖父さんの財産の問題なのよ」

と、つきはなすように言った。

サト子が知っているかぎりでは、お祖父さんの財産といえば、いま叔母が住んでいる鎌倉の別荘と、恵那の谷の奥にある、先祖伝来のわずかばかりの土地だけだ。

「飯島の家はともかく、恵那にある土地ってのは、付知川べりのひどい荒地で、水の

涸《か》れた磧《かわら》のつづきに、河原撫子《なでしこ》が咲いている写真を見たことがあったわ。あんなもの、財産なんていうのかしら」

　カオルは、いっこうに気のないようすで、

「このごろ、東北や九州でウラニウムが出て、そのへんの土が、一匁《もんめ》いくらとかで売れるって騒いでるでしょう。苗木の村の、なんとかいう地主が、羨《うらや》ましい羨ましいで頭が変になって、じぶんの土地からウラニウムが出たなんて触れて歩いたのが、こんどの騒ぎのモトらしいわ……これだけ言ったら、おおよその察しがつくでしょう。バカな話なのよ」

　カオルの言い回しのなかに、説明するより、話を外らして、ウヤムヤにしてしまおうといった語気が感じられた。

　含んだような言いかたをしたり、話を外らしたりして、ものごとをはっきりさせないのがカオルの癖だから、そうだというなら、うなずいておくしかない。サト子としては、ウラニウムなんかの話より、じぶんのことにしか興味を持ちえない、我儘なカオルが、なんのために、こうまで熱烈に庇《かば》いたてするのか。むしろ、そのほうが聞いてみたいくらいだったけれども、どうせ、まともな返事をするはずがないと思って、あきらめた。

「ウラニウムって、どんなものか知らないけど、あの抜け目のない叔母が、そんな他《た》愛《あい》のない話に乗るでしょうか」

「あなたの叔母さまって、あれで、相当に山っ気あるのね。そんな話を、まるまる信じたわけでもないのでしょうが、やはり気になったのだとみえて、三年前に、訴訟までして離婚した、もとのご亭主……ごめんなさい、鉱山局にいる由良さんのところへ相談に行ったふうなの。あのへんの谷から、ウラニウムが出る可能性があるものだろうかということなんでしょう……由良さんは、離婚裁判でひどい目に逢って以来、あなたの叔母さまを憎んでいるし、業《ごう》つくばりの腹の底を見ぬいたもんだから、ウラニウムってものは、世界中、どこの土地にもあるものだというような、皮肉な返事をなすったんだそうよ。原理として、ウラニウムは、なにかのかたちで、どこにでもあるものなんだから、出鱈目《でたらめ》を言ったわけでもないの」

「叔父は、ひねくれてしまったらしいから、それくらいなことは言うでしょう……でも、山岸さんや、秋川さんみたいなひとまで、大騒ぎをするのは、どういうわけなのかしら」

「そこまでのことは、あたしも知らないけど、それにはそれだけのわけがあるんでしょうよ……この間、アメリカのウラニウム・ラッシュの話を聞いたけど、ガイガー計数管ひとつで、千万ドルもころげこんだというような前例がいくつもあるそうだから、あれにひっかかると、正気な頭も、狂いだすものらしいわ」

サト子は、無意味な会話に疲れ、心のなかで耐えながら、なんの興味もない話をだまって聞いていた。

「シアトルの有江という公証人が、水上さんの委任を受けて、日本にある財産の整理に来ることになっているでしょう。あのひとたちが大騒ぎをしているのは、つまるところは、有江というひとが横浜に着く前に、なんとかして、じぶんのほうへ取り込もうという障害競馬の大レース……風刺劇の見本のようなものね。由良課長が笑っていたわ……出ないとはいわない。苗木の谷の斜面を五里ほども掘り崩したら、一ミリグラムぐらいのウラニウムがとれるかもしれないって」

そういうと、やりきれないといったふうに、くっくっと笑った。サト子は、つられて、

「どうせ、そんなことだろうと思ったわ」

と、いっしょになって笑いだした。

カオルは、帽子のネットをあげて、ようすよく眼を拭くと、サト子の顔をのぞきこむようにして、

「あなた、これからどうする？」

と、だしぬけに問いかけた。

なぜか、気が沈む……サト子は、どうでもよくなって、うつろな声で、言った。

「どうするって、なんのこと?」

「きょうのようなゴタゴタだけでも、たくさんでしょう。有江というひとが来て、うるさい話になって、結局は、カラ騒ぎだったというようなところへ落着くのでしょうが、その間、あっちこっちからこづかれて、嫌な思いをしなくちゃならないのよ……あたしなら、どこかへ逃げだしちゃう。日本から離れて、あまり遠くないところへ行って、幕になるのを待ってるわ」

カオルは、うっとりとしているサト子の腕に手をかけると、眠りから呼びさまそうとするように、強くゆすぶった。

「しっかりなさいよ」

「だいじょうぶ……眠ってなんかいないわ」

「サト子、あなた神経衰弱《ノイローゼ》よ」

「そうかもしれないわ」

「むかしの元気、どうしたの。オールド・メードがしぼんだみたいな顔をしているわ」

「そんな顔、している?」

「あなたみたいに、馬鹿正直に貧乏と取っ組むひともないもんだわ。もうすこし、暢《のん》気《き》におやんなさいよ。いい折だから、二ヵ月ほど、外国へでも行ってきたらどうなの」

あてどのない話をするものだ。サト子は、無理な笑顔をつくりながら、いいかげんに調子をあわせた。

「日本にいてさえ、満足に暮せないというのに、どうして外国へなんか……でも、そんなうまい話があるの？」

カオルは、気をもたせるような含み声で、

「あるにはあるのよ……飛びつくほどの話でもないけど、あなたなら、どうかと思って……」

「どんな話でしょう」

「ドイツのグラス・ファイバーと、アセテートを輸入している生地屋《きじや》なんだけど、一流のデザイナーと演出家を専属にして、ファッション・ショウにレヴュウをくっつけて、中米と南米で、日本趣味の大掛りな宣伝をしようというわけ……プロデューサーがいうのよ。展示する服より、じぶんの器量をヒケラかそうという、映画スター気取りのモデルは、たくさんだって……着ているものの枠《フレーム》のなかにキチンとおさまって、デザインや生地の美しさを生かしてくれるような、すぐれた感覚をもったひとだけを集めたい意向なの……あなたにうってつけの話だと思って、推薦しておいたわ。あなたをグループの代表にするという条件で……」

「あたしなんか、柄でもない。ほかに、いくらでもいいひとがいるでしょう。そんな責任を負わされて、外国へ行くなんて、考えただけでも、気が重くなるわ」

カオルは、機嫌よくうなずいて、

「気がなければ、しようのないことだわね。無理におすすめしないわ……その話はべつにして、あなたが行きたいと言えば、秋川なら、よろこんでお金を出すでしょう……あなた、秋川をどう思っているの？」

「どうって、考えたこともないわ」

「本音《ほんね》なら、それがあなたの憂鬱の原因なのよ。見抜いたみたいなことを言うようだけど、あなたの神経衰弱《ノイローゼ》は、生活のなかに、大切なものが足りないせいなの。精神を高めて、生きて行く張りあいを感じさせる、希望といったようなものが……」

「よく、わからないけど……」

「欺《だま》されたと思って、恋愛をしてごらんなさい。憂鬱なんか、いっぺんに消しとんでしまうわ……手近なところで、秋川にうちこんでみたらどう？　秋川に金をだしてもらって、外国へでも行って来ると、むかしのような、元気なサト子さんになること、うけあいよ」

サト子は、精いっぱいにつとめていたが、我慢しきれなくなって、思いきり手強くはねつけた。

「いろいろとおっしゃってくださるのは、ありがたいんですけど、間もなく、お祖父さんが帰ってくるので、日本を離れるわけにはいかないのよ」

「水上さんが帰ってくるんだって？」

「飯島の叔母は、庭先へさえも寄せつけないでしょうから、あたしが引取って、世話をしてあげるほかないの」

カオルは、取りはずしたような表情でサト子の顔を見ていたが、口もとに、なんともつかぬ笑皺をよせて、

「そんなお便りでも、あったの？」

と、あわれむような調子で言った。

「有江の名で、電報、よこしたわ。ニューグランドで会いたいなんて」

「あなた、どうかしているわ。水上さんが、自身でいらっしゃるなら、代理のひとをよこすことはないでしょう。そうじゃなくって？」

そう言われれば、それにちがいない。飯島の叔母に知られたくないので、有江の名で電報をよこしたのだとばかり思いこんでいたが、都合のよすぎる解釈だったらしい。

シアトルからきた電報を見た瞬間、サト子は、たぶん貧乏に疲れて帰って来るお祖父さんを、西荻窪の植木屋の離屋にひきとって、根かぎり世話してあげようと思った。じぶんはもうひとりではなく、お祖父さんといっしょに暮してゆけるという、楽しい

希望に鼓舞され、どんなにでも働いてやろうと意気ごんでいたが、お祖父さんに会うという喜びは、これでまた、当分、おあずけになったと思うと、気持の張りがなくなって、急にがっくりなってしまった。

「そのくらいのことで、そんなに力を落すことはないでしょう。水上さんが帰っていらっしゃらないなら、こっちから会いに行く、というような気にはなれないの?……さっきお話ししたファッション・ショウは、シスコを経由するはずだけど、旅客機でなら、シアトルまで、わずかの時間で行けるのよ。並木通りの『アラミス』というレストラン、ごぞんじ? モデル・クラブの事務所の近く……」

「ええ、知っているわ」

「二時ぐらいに、そこでプロデューサーに会って、いろいろ聞いてごらんになるといいわ」

「プロデューサー、なんという方なの」

「おぼえていらっしゃるでしょ。飯島に別荘をもっていた神月伊佐吉……」

サト子は、われともなく筒ぬけた声をだした。

「あの神月さん?」

あの夜、扇ケ谷の谷戸の上で、カオルは山岸の子でなく、神月の子だという深刻な告白をきいて、ひとごとながら強いショックを受けた。そのときのおどろきが、まざまざと心によみがえってきた。

カオルと芳夫ぐらい、似たところのない姉弟もないものだと、そう思い思いしたが、疑問をおこすだけのことは、たしかにあったのだ。そういう思いで、それとなくカオルの横顔をうかがっていると、カオルは、瞼をおしあげて、マジマジとサト子の顔を見かえした。

「どうして、そんな顔をなさるの？」

サト子は、あわてて、

「思いがけない名を聞いたもんだから」

と言いまぎらしたが、カオルに顔を見つめられているうちに、うしろめたい思いで、ひとりでに顔が赤くなった。

よく頭の回るカオルのことだから、ソロソロ疑いかけているのかもしれない。もういちど強くつっこまれたら、あの夜、愛一郎とカオルの話を聞いてしまったことを、白状するほかはない。サト子のあわれなタマシイは、尻尾《しっぽ》を巻いて逃げだしにかかった。

「人間ばなれがしたようなあの顔、いまでも忘れないわ……子供のとき、あたしも神月さんを好きだったのかもしれないわね」

カオルは機嫌をなおして、

「ずいぶん年をとったけど、美しいことは、いまでも美しいわ……でも、神月の美しさって、空虚な美しさよ。白痴美といったようなもんだわ」

腕時計に目をやりながら、

「ともかく、あなた、お出かけなさいよ……あたしは、喧嘩の仕上げをしてくるから」

カオルが出て行くと、サト子は、レーンコートをとって腕を通したが、そのまま、また椅子に腰をおろした。

海から吹きつける強い風が、ガタピシと窓をゆすぶる。昼すぎから暴風雨になるだろうと、ラジオで言っていた。風が変ったらしく、工場のサイレンや、ポンポン蒸気の排気管や、可動橋の定時の信号や、汽艇の警笛《シッフル》や、さまざまな物音が、欄間《らんま》の回転窓の隙間から雑然と流れこんでくる。

約束は二時だから、急ぐことはないが、そんなことより、神月に会いに行くということを含めて、いっこうに気乗りがしない、知らない国に出かけて行って、お祖父さんに会ってくるのも悪くないが、カオルがすすめるから、その気になったまでのことで、強く望んでいるわけではない。

この夏の終りごろまでは、サト子は、後さがりばかりしているような、無気力な女ではなかった。生きてゆくことに希望をもち、斬新な生活の方法を考えだして実行するという、張りのある世渡りをし、一日一日を満足して生きていたものだが、このごろ、心の支えがなくなったようで、すこしこみいったことになるとすぐ、どうでもいいと投げだしてしまう。

あまりひどい貧乏では困るが、見た目におかしくなければ、着るものなんかどうだっていい。食べてみたいというようなものもない。腹がふさがる程度に食べられれば、それで結構といったぐあいで、どうしたいというような欲望は、ぜんぜんなくなった。

「二十四だというのに、これはまたひどく枯れきったもんだわ」

サト子自身も、おかしいと思っている。こんなことばかりしていると、カオルが言ったように、意地の悪い、ひねくれたオールド・メードのようになってしまうのだろう。

越中島の白い煙突、黒い煙突からたちのぼる煙が、空から吹き落され、黒い靄のように掘割の水のうえを這《は》っている。サト子は、そろそろ荒れかけてきた、さわがしい風景をながめながら、あのころ、あんなに張切っていたのはなんのせいだったろうと、しんみりと思いかえしてみた。

そんなサト子にも、どきっとするような思い出がないわけではない。

青梅の奥で、キャベツ、蕪《かぶ》、トマト、胡瓜《きゅうり》など、日本人向きの清浄野菜をつくっている坂田という青年が、中野の市場まで荷を出しに行った帰り、サト子が離屋を借りている植木屋の門の前で牛車をとめ、自動車がクラークションを鳴らすように、牛の首を叩いて、モーと啼《な》かせる。芯まで焼けとおったような黒い顔を、汗だらけにしてはいってきて、サト子の部屋の縁に腰をかけ、一時間ほどおしゃべりをして行く。

門の前で、重々しく長啼きする、牛の声を待っている楽しさといったらなかった。大地から掘りだした木の根っこのような無愛想な青年だが、すこしでも美しく見せたい、よく思われたいというので、仕事にも張りあいができ、いろいろと欲をかいたおぼえがある。

「それから秋川氏……」

秋川というひとを好きなのかどうか、よくわからないが、さほどでもない服を、しみじみとほめてくれたので、うんと稼《かせ》いで、格好のついたドレスの一枚もつくって、秋川に見てもらいたいと思ったこともあった。

こんな、す枯れたような女になってしまったのは、愛したいひとも愛されたいひともなくて、あまり長いあいだ一人で暮していたからかもしれない。世の中のことは、すべて、釣合いから成り立っているものだから、ひとりだけで生きて行こうなどと考えると、思いもかけないような罰をうけることがあると、誰かが言っていた。いま受けているのは、すると、高慢の罰といったようなものなのだろうが、生活に張りあいをつけるために、恋愛をしなくてはならないという理屈は、よくのみこめない。

調子の狂ったようなノックの仕方をして、お八重さんというアパートの差配の娘が、ドアの隙間から幅の広い顔をのぞかせた。

「あら、居たのね……サト子さん、あのお嬢さま、また、いらしたわ」

一年ほどのあいだに、六度も勤めを変えたといっている。ぶよぶよした、しまりのない感じで、二十五にもなっているというのに、子供のような舌っ足らずなものの言いかたをする。

「お嬢さまって、どこのお嬢さま？」

八重は、あらァと顎をひいて、

「うちのパパの助《すけ》、じゃ、お話ししなかったのね……あなたに会いたいと言って、きれいなお嬢さまが、この一週間ほど、一日置きくらいに訪ねていらしたの」

「聞いていなかった……それで、いま？」

「玄関で、しょんぼりしているわ」

ドアにつかまって、クニャクニャと身体をくねらせながら、

「あんたって、部屋にいたためしがないんですもの。あたし、すっかり同情しちゃったわ……二十歳ぐらいかな。生れてから、いちどもパーマなんかかけたことのないような、クセのない髪をサラッとおさげにして、ひと掛け三千円もするような『ランヴァアン』のレースのリボンを、頭のうえでチョンと結んでいるというスタイル……」

「あなた、しゃべりだすと、とまらないみたい」

「あたし、どうせ、おしゃべりよ……あれは、日本画か、お茶のお稽古《けいこ》をしているひとなのね……パアッとした色目の友禅の着物に、木型《きがた》にはめたような白足袋をキチンとはいて、ごめんください、なんて言いながら、すらすらはいってくるの……昭和のはじめごろのような、時代な着付なんだけど、それが、なんともいえないほどシックなの……あまり、すばらしいんで、キャッと言っちゃったわ」

「そんなお嬢さま、おちかづきがなかったわ。なんとおっしゃる方？」

「久慈って言っていたわ」

久慈暁子というのは、鎌倉の警察へおしかけて行って、偽証までして愛一郎を庇ったという、あの突飛な娘だった。愛一郎や中村から聞いて、ようすは知っているが、どう考えても、縁のなさそうなひとが、なんのつもりで、そうもしげしげと訪ねて来るのか、サト子には理解できなかった。

「サト子さん、やさしいみたいだけど、こわいところもあるのね……おねがい、会ってあげて……追い帰したりしちゃ、かあいそうよ。いいでしょ、ここへお連れするわね」

「ちょっと待って」

いぜん、この部屋に住んでいた女たちの落書のあとは、ペンキで上手に塗りこめてあるが、ベッド・カヴァーのあやしげな汚染《しみ》にも、壁にニジリつけた煙草の焼けあとにも、隠そうにも隠せない自堕落《じだらく》な生活のあとが、そのままに残っている。

「お会いしたいけど、ここじゃ、困るわ」

八重は、気やすくうなずいて、

「あたしの部屋でよかったら、お使いなさい。ご案内しておくわ。すぐ来るわね」

そう言うと、スリッパを鳴らしながら階下へ降りて行った。

八重の部屋になっている庭に向いた六畳へ行くと、八重と笑いながら話していた、あどけないくらいのひとが、居《い》なりにこちらへ振返って、大きな目でサト子を見た。

「想像していたとおりの方だったわ」

八重が、名残りおしそうに立って行くと、暁子は、サト子が坐るのも待たずに、

「あたくし、暁子……どんなにお目にかかりたかったかしれないの」

と、甘えるような口調で、言った。

「ごめんなさい。知らなかったもんだから」

「そんなこと、なんでもないわ。あたくしの家、木挽町……歩いたって十五分よ。お会いできるまで、いくどでも来るつもりでしたの」

「そういうことだったら、ちょっと書き置いていってくだされはよかった」

暁子は、首をかしげて、

「そうね。そうだったわ……そんなこと、とっても、まずいんです。パパやママに、お前、すこし遅れているよって、よく言われるわ」

そう言いながら、恥じるふうでもなく、おっとりと笑ってみせた。

サト子は、こんな清潔な肌の色も、こんなによく澄んだ目の色も、生れてから、まだいちども見たことがなかったと思い、かねて夢想していた、この世の美しいものにはじめて出会ったような気がし、ひとりでに動悸《どうき》がはやくなった。

浅間《あさま》な庭の植木棚のサボテンの鉢が、風に吹きまわされ、いまにも落ちそうに傾《かし》いでいるが、そんなものに眼をやる暇もない。このひとと、何時間も何時間も、こうして話していられたら、どんなに幸福だろうと思いながら、うっとりと暁子の顔をながめていると、暁子は退屈になったのだとみえて、

「どうして、だまっていらっしゃるの。暁子、お話ししちゃ、いけないかしら」

と、つぶやくように言った。

サト子はヘドモドしながら、

「そのお召、あまりにいい色目なので、見とれていたんです」

暁子は、お辞儀をするようなコナシで、

「おほめをいただきまして、ありがとうございます……でも、すこし、子供っぽいとお思いにならない？　パパもママも、あたくしを、いつまでも子供のままにしておき

たいんですって……あたくし、ずいぶん損をしているんですのよ。絵を描いたり、踊りをおどったり、ブラブラ遊んでばかりいるもんだから、いつまでたっても、発達しないの」

ふっと、思いだし笑いをして、

「ほんとうのことを言いましょうか。ほんとうは、お顔を見に来たの……あなた、近々《ちかぢか》、秋川のおじさまと結婚なさるんですって？　愛一郎さんのママになるかた、どんな方かと思って、暁子、拝見にあがったわけ」

秋川と結婚するだろうなどと、どこから聞きこんだかしらないが、あまりいい気持がしない。ひょっとすると、愛一郎が、そんなことを言ったのではないかと思って、それとなく、さぐりをいれてみた。

「その後、愛一郎さんには、お会いしないけど、なにか、あたしのこと、おっしゃっていらしたかしら」

暁子は、身体ごと大きくうなずいて、

「ええ、あなたのお噂ばかりよ……暁子、運が悪かったの。あの日、飯島の家にいたら、愛一郎さんを、クラゲだらけの海で、泳がせるようなことはしなかったでしょう。代れるものなら、暁子、代りたかったわ」

そういうと、急に衰えたようになって、ぐったりと身体を崩しかけた。

サト子はおどろいて、暁子のそばへニジリ寄って、肩へ手をまわして抱いてやった。

「どうなすったの。お冷水《ひや》でもあげましょうか」

暁子は、なんとも言いようのない、あわれな微笑をうかべながら、起きなおって、

「ごめんなさい。病気というわけでもないの。気候のせいでしょう。ときどき、こんなふうに、くらっとすることがあるの……お顔を見られたから、これで本望よ。おいとまするわ」

サト子は、あわてて話題をさがしながら、ひきとめにかかった。

「秋川さん、お元気でしょうか。いちど、お伺いしなくちゃならないんですけど、バタバタして落着かないもんだから、お伺いできずにおりますの……愛一郎さんには、ときどき、お会いになる？」

「あれっきりよ……あたくし、お会いしないことにしましたの。辛いけど、そうきめたの」

ぼんやりと庭の植木棚のほうをながめていたが、思いきったように、膝脇《ひざわき》に置いてあった袱紗《ふくさ》の包みをとりあげた。

「暁子、おねがいがあるのよ」

このひとのためなら、どんなことでもと、サト子は、いそいそと膝を乗りだした。

「どんなことでしょう。おっしゃってみて、ちょうだい」

「ご迷惑でしょうけど、これを、袱紗のまま、愛一郎さんに渡していただきたいんです」

　と、言いながら、サト子の膝の前に袱紗の包みを押してよこした。

　手にとってみると、ずっしりと持ち重りがするだけで、なにがはいっているのか、見当がつかない。

「不躾《ぶしつけ》ですけど、なにがはいっているのか、伺っちゃいけないの？」

　サト子が、たずねると、暁子は、頰に血の色をあげて、

「それは手紙……のようなものなの」

　と、消えいるような声でこたえた。

　恋文か……それにしても、ずいぶん書きためたものだと思いながら、サト子は、同情する気持になって、暁子の顔を見まもっていると、暁子は、だしぬけに、

「それ、返していただくわ」

　と叫ぶように言った。とりかえした袱紗包みを胸のところにあてて、しょんぼりとうつむきながら、

「これを、愛一郎さんにおわたしすると、それっきりになってしまうの……それはもう、暁子には、わかっているんですけど……」

　すっかり取乱して、サト子になにか訴えかけるのだが、サト子は言うことがないの

で、口をつぐんでいた。

「これが、あたくしと愛一郎さんを、今日まで、つないでいてくれたんですけど、こんなものにたよっているのでは、みじめでやりきれないの。愛一郎さんだって、こんな暁子、好きじゃないでしょう」

いっこうに通じないことを、くりかえしくりかえし語っているうちに、気持が落着いたのか、曇りのない、さっきの澄みきった顔になって、

「迷うのは、やめました。やはり、渡していただくわ」

と、キッパリとした口調で言った。

「お預りします。いつ、お伺いできるかわからないけど、それで、よろしかったら」

「ひと月あとでも、半年のあとでも、ご都合のよろしいときに……」

ちょっと言葉を切って、

「これを、お渡しくださるとき、愛一郎さんがあたくしに会いに来てくだすったのでないことが、暁子に、よくわかったと言っていたって、ひと言、伝えていただきたいの」

と、調子の高い声で言った。

サト子は、はっとして暁子の顔を見返した。心にキザシかけた思いがあったが、それは、どういうことなのか、サト子自身にも、よくわからなかった。

旅への誘い

雨雲が垂れて、夕暮れのように暗くなった西銀座の狭い通りを、風速十五メートルの強風が、急行列車のような音をたてて吹きとおっている。

サト子は、ビニールのネッカチーフに包んだ暁子からの預りものを、ぎゅっと胸のところへおしつけ、風に吹き飛ばされながら、八丁目から六丁目までの間を、いくども往復して時を消していたが、なかなか時間が経たない。もういいころだと、喫茶店の時計をのぞいてみると、やっと正午をすぎたばかり。約束の時間までに、まだ一時間以上もあるが、身体をまげて歩いていたので、腰のあたりがズキズキと痛んできて、あてどもなく風の中を歩きまわるのが、我慢ならなくなった。

七丁目の角に、サト子たちのモデル・クラブの事務所がある。「モードの店」とガラスの切抜文字を貼りつけた飾窓の上で、フランスの三色旗まがいの派手な日除《ひよけ》が、吹きちぎられそうに動いている。

出がけに、モデル・クラブの事務所から電話で、いい仕事があるから、すぐ来いと言ってきた。最近、どこかに大きなファッション・ショウがあるらしいことは、大矢シヅも言っていたし、曾根というバアのマダムなどは、こちらの意志もたしかめずに、否応なしにおしつけてしまいたいような口ぶりだった。

ファッション・モデルという職業になじんでいる間は、さほどにも感じなかったが、二た月ほど仕事から遠のいて、あらためて反省してみると、仕事の面はともかくとして、生活そのものは、いいかげんで、とりとめなくて、われながら、うんざりしてしまう。なんでもいいから、もっとまともな職業につきたいと思って、夫婦別れをした鎌倉の叔母の主人……というのは、かつては叔父だったこともあるひとだが、それが鉱山保安局の係長ぐらいのところにいるので、就職の相談に行くと、叔母との長々しい離婚訴訟のあとなので、あまりいい顔はしなかったが、川崎の鉱山調査研究所に雇員のあきがあるから、紹介してやってもいいと言ってくれた。

それはありがたいのだけれども、給料は六千円未満ということだから、荻窪から川崎まで通うとすると、交通費その他をひけば、サト子ひとりが食べるのがせいぜい。とても、お祖父さんを引取って、世話などしてやれそうもないので、その件は保留しておいてもらうことにした。

今日のカオルの話しぶりでは、近く横浜に着くのは、お祖父さんではなくて、有江という代理人らしい。それがほんとうなら、お祖父さんの世話をするという心配がなくなったわけで、このへんが、まともな職業につくチャンスだとも思われるのだが、身分不相応な、不時の収入に甘やかされてきた身で、いきなり、六千なにがしの給料だけで、生活してゆくことはむずかしい。生活を切りかえるにしても、右から左というわけにもいかない。それにはそれだけの準備もいれば、心がまえもいる。もういちどだけ、ファッション・モデルをやってからでも遅くはないようだ。神月はどんな話をするつもりなのか知らないが、その前に、こちらの話を聞いてみるのも無駄ではなかろう。

「どういうことだか、聞くだけは聞いてみよう」

サト子は、思いきり悪く、町角の歩道に立って考えていたが、あいまいな身振りでドアを押すと、そろりと内部《なか》へはいった。

カーテンで仕切った、仮縫いをする狭いところに、新人らしい、なじみのない顔が三つばかりおしあって、サト子がはいってきたのを見ると、話をやめて、いっせいにジロリとこちらへ振返った。

「マネジャー、いないのかしら？」

ファッション・ショウのステージから抜けだしてきたばかりというような、突飛なフロックを着た吊目《つりめ》の娘が、あしらうような鼻声でこたえた。

「さあ、どうでしょう……事務のひとなら、奥にいますけど」

なじみがないばかりでなく、サト子の直感では、ここにいる三人はファッション・モデルではないらしい。モデルになるくらいの娘は、どんな新人でも、どこかしら、身体の表情を持っているものだが、この三人のスタイルはひどく崩れていて、そういう感覚のひらめきは、どこからも感じられない。そればかりでなく、この顔は、夏の終りに、鎌倉の美術館のテラスでやりあったショウバイニンに、どこか似ているような気がした。

ハンガーに掛けながした仮縫いの服の間から、サト子たちがマネジャーと呼んでいる天城《あまぎ》という事務員が顔をだした。

「ああ、水上さん」

天城は、キビキビ動くのが、この世の生きがいだというように、そのへんの椅子をおしのけながら、サト子のそばへやってきた。

「お電話だったもんだから……」

気がないので、われともなく切口上になったが、あんまりだと思って、

「どうも、わざわざ」と言い足した。

天城は稜《みね》の高い鼻をそびやかすようにして、ジロジロとサト子のようすを観察しながら、

「やってくるところをみると、モデル商売、いやになったというわけでもないのね」

飾窓のそばの事務机のほうへ行って、皮張の回転椅子におさまると、天城は、もっともらしい顔になって、

「仕事をする気、あるの？　大矢シヅの話だと、モデル商売が嫌になって、お役所勤めをするようなことを言っていたけど」

お役所勤め？　大矢シヅがどうしてそんなことを知っているのか、サト子には理解できなかった。

「きめたってわけでもないのよ。それで、どういう話なんでしょう」

天城は薄笑いをしながら、

「話によっては、やってやってもいいって？　それはそうでしょうとも。たいへんなお金持になるとか、なりかけているとか、そんな評判だから」

「あたしが？　誰がそんなでたらめ言ったんです？　あたしがそんなお金持なら、モデルなんかサラリとやめているわ」

「アメリカのビニロンと技術協定をしている、ある会社の宣伝の仕事なんだけど、東京を振出しにして、大阪と京都と……それから香港《ホンコン》、シンガポールをまわって、バンコックまで行くの。二十人ばかりのレヴュウをサイド・ショウにして……すごい話でしょ」

天城の言うところでは、中東と近東で売込みに失敗したアメリカのビニロン・ジュポンの製品を、日本でマレーやタイに向きそうなものにつくりなおして、東南アジアへ売込もうという企画らしいが、西ドイツからグラス・ファイバーを輸入している会社が、おなじころ、大仕掛けな宣伝をはじめるので素質のいいモデルが、あちらこちらでとりあいになっている、というようなことだった。

「グラス・ファイバーのほうは、山岸カオルというひとがマネージしているんだそうだけど、あなたのほうにも、なにか話があったでしょう」

あったと言えばいいのか、なかったと言えばいいのか、とっさに判断しかねたが、なにも、いちいち本当のことを言う必要がないと思って、どちらともとれるような返事をしておいた。

天城は、ファイルから和文と英文の契約書を二通とりだすと、英文のほうを手もとにとめ、邦文タイプで打ったほうをサト子の鼻先につきつけた。

契約書には、六十日の契約で、ギャラの日立《ひだて》は、内地が三千円。外地は、ほかに、一日、二千円の外地手当のようなものがつき、交通、宿泊、アクセサリー、靴、すべて会社持ち……往復とも旅客機で、契約と同時に、三万円前渡しすると書いてあった。

「どお？　グラス・ファイバーより、条件がいいでしょう？」

そう言うと、奥の三人のほうへ振返って、

「あのひとたちも、むこうを蹴って、こっちへ契約したわ」

神月のほうはどういう話なのか、聞いていないからわからないが、契約書に書いてあるかぎりでは、一流のファッション・モデルより、はるかにいい条件になっているうえに、三万円の前渡しは、サト子にとっても、ちょっと抵抗できないような魅力があった。

天城は、手もとにとめていた英文タイプのほうを、押してよこしながら、

「サインなさるといいわ。前渡金《アドヴァンス》をお渡ししますから……英文のほうは、ローマ字で」

サト子は、なんということもなく、英文の契約書を手にとってみた。

サト子の女学校時代は、戦争も、とりわけひどい時期で、英語どころか、国語さえ満足に勉強をしたことがなかった。初年級のリーダー程度ならともかく、ぬきさしのならない商用英語で綴った契約書など、読めようわけはない。

サト子はあきらめて、ペンを借りてサインをしかけたが、そのとき、あなたは、これから、えらいやつに独力でたちむかうことになるといった、いつかの中村の言葉が、天の声のように耳のそばで鳴りひびいた。

つづいて、いままで思いだしたこともなかったある情景が、ふいに、こころにうかんだ。

この春ごろ、いつものように、坂田省吾が牛車を曳きながら、無駄話をしにきた。ファッション・モデルというものは、仕事があるたびに、契約書をとりかわすのか、というような話がでたとき、坂田省吾が、こんなことを言った。

「東南アジアであったことですが、マレー語の契約書のほうは注文書《オーダー》で、英文のほうは、鉱業権譲渡の承諾書だったそうです……これからもあることですが、納得できないものには、絶対に署名しないようになさい」

あのとき、坂田はなにを言うつもりだったんだろうと考えているうちに、坂田の言った言葉の重みに胸をうたれて、はっとわれにかえり、理解も納得もしないものに、署名することはないと思って、ペンを置いた。

「これは、邦文タイプで打った契約書と、同文なんでしょうか」

天城は、なんともつかぬ冷酷な表情をしながら、

「邦文タイプのほうは、英文の翻訳だから、同文にちがいないでしょう。あのひとたち、みなサインしたわ」

「あの方たちはそうでしょうが、あたし、こんなむずかしい英文は読めないから」

「あなたって、思いのほか疑り深いのね。それじゃ、あたしたちのすることが、信用できないと言っているみたいじゃないの」

「そういう意味じゃないけど、読めもしないものに、サインするわけにはいかないわ……誰かに読んでもらいますから、きょう一日、拝借して行っていいかしら」

天城は、怒った顔になって、サト子が手に持っていた英文の契約書をひったくると、荒々しくファイルの中へ投げこんだ。

「契約の内容は、会社の機密なんですから、お貸しするなんてわけにはいかないのよ……せっかく来ていただいたけど、ご縁がなかったわね……でも、まだ二三日、余裕がありますから、サインする気になったら、また、いらっしゃい」

ひどく後味《あとあじ》が悪い。じぶんでは、さほど理屈っぽい女だと思っていないが、やさしく話をすることができないので、みなを怒らせてしまうらしい。

事務所を出て、六丁目の「アラミス」の前まで行くと、葉を落したプラタナスの街路樹のそばに、どこかで見たことのある車が置いてあった。いつかのウィルソンという男の車に似ているようだが、内張《うちばり》の色がちがう。考えているうちに、鎌倉の近代美術館から、扇ケ谷の秋川の家まで乗って行った車だったと思いついた。そういえば、愛一郎と並んですわった操縦席のシートのぐあいに見おぼえがあった。

「神月は、秋川なんかといっしょなんだわ」

愛一郎は神月伊佐吉を憎んでいるようだが、どういう関係にあるのか、秋川は、毎月、神月に生活費の仕送りをし、神月が銀座のバーやレストランで使っただけのものは、文句もいわずに払ってやっているということも聞いている。秋川が神月といっしょに食事をするなんてのは、ありそうなことだった。

「神月なんか、どうでもいいけど、秋川や愛一郎に会えるなら、うれしいみたいだ」

ひっそりとした秋の風景のなかで、秋川と対座したひと夜の楽しい思い出は、いまも心のまんなかに場をとっている。秋川氏はお行儀がよすぎ、どこか、よそよそしいところがあるが、話している間じゅう、気持が落着いて、心の調和といったようなものを感じさせる。もういちど、おだやかな人柄の紳士と対座してみたいとねがっていたが、こんな折に秋川に会えるのかと思うと、気持がはずんできて、ひとりでに笑いだしそうになる。

ガラス扉を押して、クロークにコートをあずけると、ボーイ長らしいのが、見さげはてたような目付で、サト子のほうへやってきた。

「どなたさまに？」

「神月さんに」

ボーイ長は冷淡にうなずいた。

「うけたまわっております。まだ、お見えになっておりませんが、どうぞ、こちらで」

そう言いながら、グリルにつづく朱色の長椅子のあるところへ案内した。

寒々としたラウンジには、若い男女の一対がさしむかいになって話しこんでいるきりで、神月の姿はなかった。

「きょう秋川さんが、おみえになっていらっしゃるんでしょ？」

秋川の名をいうと、ボーイ長は、とたんに謹《つつし》んだようすになって、

「ダイニングで、食事をなすっていらっしゃいます」

「おひとり？　おふたり？」

「いつものように、ご子息さまと、それから、お客さまが、おひと方……なんでしたら、あちらへ？」

「ここでお待ちするわ……愛一郎さんを、ちょっと、どうぞ」

「あなたさまは？」

「鎌倉の飯島、と言ってください」

ボーイ長は会釈をして、食堂のほうへ行くと、すぐ愛一郎がラウンジへ出て来た。うしろに中村吉右衛門が、ひき添うような格好でついている。

愛一郎は、サト子のそばへやってくると、なつかしそうに手をとって、

「とうとう、つかまえた……待ちぼうけをくわした罰に、これから家へひっぱって行きます。いいでしょう？」

と、言いながら、身にそなわった品を失うほど、はしゃいだ笑い声をたてた。

「お伺いしたいんですけど、きょうは、ちょっと困るのよ」

そう言ってから、中村に、

「中村さん、こんにちは……みょうなところでばかり、お目にかかるわね」

と挨拶すると、中村は、いつもの無表情な顔で、やあと渋辛《しぶから》い声をだした。

中村が秋川に逢っているとは、思いもしなかった。いつかの飯島のさわぎを、むしかえしているのでないかと、そっと愛一郎の顔をみてみたが、はずんだような表情があるばかりで、そんなけわしいやりとりがあったようには見えなかった。

「あなたも、秋川さんに？」

「いゝえ、そうじゃないのよ……きょうは、ちょっとほかに……」

中村は、うごかぬ眼差しでサト子の顔を見てから、ああ、と不得要領にうなずいた。

「いま、秋川さんと、あなたの話をしていたところだったんだ」

「あら、どんな話？」

「それは、まあ、いろいろ……急ぐから、きょうは、これで失礼……このところ、警視庁の防犯課というところにいますから、用があったら電話をかけてください」

クロークでコートを受けとると、袖に手をとおしながら、そそくさと回転ドアを押して出て行った。

「きょうは、パパに逢いに来てくだすったのではなかったんですか」

「なにを言いだすつもり？　秋川さんがいらっしゃるなんてこと、あたしが知っているわけはないでしょう」

「それもそうですね。ぼくは、なにを考えていたんだろう」

サト子は、ラウンジの隅へ愛一郎をひっぱって行って、長椅子のうえにおしつけた。

「きょう、暁子さん、たずねていらしたわ」

「あなたのところへ？　どうして？」

「どうしてって、用があったからよ。これを、あなたに渡してくれとおっしゃって……」

サト子は、ビニールのネッカチーフに包んだ預りものを、愛一郎の手のなかにおしこんだ。

「これはなんでしょう」

「手紙らしいわ……ながいあいだ書きためた、うらみつらみの恋文、てなもんでしょう」

愛一郎は、うたれたように、はっと顔を伏せた。

「こんなことにならなければいいがと、おそれていました……あのひとに責められるのは、ぼくは辛いんです」

「勝手なことをいうのはよしなさい。暁子さんというひとに、あなたは悪いことをしたんだから、これを読んで、恥じるなり反省するなりするといいわ」

秋川が食堂から出てきて、ふたりが長椅子に掛けているのを見ると、

「あなたでしたか……」

と言いながら、大股にこっちへやってきた。

サト子は長椅子から立って、へどもどしながら挨拶した。

「いつぞやは、おもてなしをいただきながら、だんまりで逃げだしちまったりして……なんだとお思いになったことでしょう」

「失礼はこちらのことです……いちど、おたずねくださるということでしたから、お待ちしていたのですが、お見えにならないので、どうなすったかと、お噂していました」

秋川はサト子の連れを捜そうというように、ラウンジのなかを見まわしながら、

「それで、きょうは？」

神月と秋川がいっしょだと思ったのは、勘ちがいだったらしい。サト子は考えて、神月の名を出すのは控えておいた。

「二時に、ひとに会う約束をしていますので」

「二時には、まだ間がある……じゃここでお話ししましょう」

そういうと、ふたりと向きあう椅子に掛けた。

「愛一郎が妙なことをいうので、お名も聞かずにしまったが、あなた飯島の水上氏のお孫さんでいらっしゃるそうで」

サト子がうなずくと、秋川は、あらたまったようすになって、

「そうと知っていたら、ご挨拶のしようもあったのに……父も私も、水上氏にはご懇

意にしていただきました……水上氏は、昨年の春、シアトルでお亡くなりになったのだそうですね」

とんでもないこったと思いながら、サト子は、つよく首を振った。

「祖父は元気でおります。秘書みたいなひとが、この八日に、氷川丸で横浜に着くことになっていますが、あちらの話が聞けるので、たのしみにしていますの」

秋川は固い表情になって、サト子の顔を見返していたが、はっと気がついたように、

「これはどうも失礼……なにかの誤伝だったのでしょうな……それはそれは、さぞ、お待遠なこってしょう」

おだやかに笑い流すと、調子をかえて、

「あなたは中村君をごぞんじなんだそうですね。つい、いましがた帰りましたが、あなたの噂をしていました。まだ、お小さかったころの話などを……」

「このごろ、よくお逢いしますが、知り合いというほどの知り合いでもありません。どうして、あたしの子供のときのことなんか、知っているのかしら」

「中村君は、いぜん飯島に住んでいましたから、ごぞんじのはずなんですが」

そう言われれば、遠いむかしの記憶の中に、中村に似た、いかつい顔があったような気がするが、はっきりと思いだせない。

「そうだったかしら。おぼえていません」

「海軍にいるころは、軍艦にばかり乗っていて、一年にいくどというほどしか、帰って来なかったから、おぼえていらっしゃらないかもしれないが、中村君のほうでは、忘れられないわけがあるんです。そもそも、飯島に新婚の家庭を持つようになったのも、水上さんの周旋だったし、海軍が嫌になって退役してから、神奈川県の警察に勤めるまで、水上さんの助力で、長い失意の生活をささえていたような事情もあって、中村君にとって水上さんは、古い言葉ですが、再生の恩人ともいえるようなひとだったんです」

「でも、中村さん、一言も、そんなこと、お話しにならなかったわ」

「あのとおり、人づきは悪いですが、あれで心のキメのこまかい、親切な男です。あなたのことを親身《しんみ》に心配していました。あなた、ご両親がお亡くなりになって、荻窪の奥で一人で暮していられるんだそうで……それから、いまなすっていらっしゃる、ファッション・モデルのことなんかも……」

行く先々で待伏せをしたり、見当ちがいな忠告をしたり、みょうにうるさいひとだと思っていたが、これでいくらか謎はとけた。むかしのお祖父さんの関係で、その孫に厚意をしめそうとするのはいいが、なんのために、他人の生活に立入って、こまかいところまで気をつかうのかわからない。

「ひとり暮しは、もう長いことですから、心配していただくようなことはないんですけど」

「それはそうでしょうとも……中村君も言っていました。めずらしいほど、しっかりしていられるって……あなたほどの方が、生活ぐらいに負けるようなことはないでしょうが、中村君が心配しているのは、べつなことらしい。あなたのごぞんじのない、いりくんだ事情のことで……」

ボーイがサト子のそばへやってきた。

「水上さま？」

「水上は、あたしです」

「神月さまからお電話で、まもなくお見えになるということでございます」

サト子が神月と逢う約束になっていることが、それでふたりに通じると、秋川と愛一郎は、ありありと不審そうな表情をうかべて、サト子の顔をながめた。

隠すつもりはなかったが、言いだす折をうしなって、ひどく気まずいことになった。

どんな用件で神月に逢うのかと、聞いてくれるようだといいのだが、お行儀のいいひとたちなので、中村のように立入った質問をしないので困る。今日の会合のテーマは、生活相談といったようなことだが、相手が神月では、どんな誤解をうけるか知れたものではない、他人の思惑《おもわく》など、すこしも気にしないで通してきたサト子だが、秋川だけには悪く思われたくない。へんな誤解でもうけたら、死んでも死にきれないような気がする。秋川や愛一郎の不審をとくためにも、そのへんの事情をはっきりさせておくほうがいいと思って、神月がやりかけているグラス・ファイバーの宣伝の仕事と、さっきモデル・クラブの事務所で聞いた、アメリカ・ビニロンのモデル募集の話をした。

秋川は苦笑しながら、

「神月という男は、なんということもなく翼賛会の総務にまつりあげられたほか、仕事らしい仕事もせず、あの年になるまで、ノラクラと遊び暮していた徹底的な遊民なんですが、あの男に、そんなむずかしい仕事ができるのかな……それで、ビニロンのほうには、契約書のようなものがありましたか」

「日本文のと英文のと」

秋川は煙草に火をつけ、沈思《ちんし》するおもむきで、長い煙をふきだしていたが、いつものつつしみを忘れたように、

「サインなすった？」

と、だしぬけに強い調子でたずねた。

おだやかすぎる秋川というひとに、こんなはげしいところがあるとは、思ってもいなかったので、サト子は気《け》おされて、

「いいえ」

とだけ、こたえた。秋川は眉をひらいた明るい顔になって、

「あなたほどの聡明な方が、わけのわからない契約書に署名するような、いいかげんなことをなさるはずがないから」

「おほめにあずかって恐縮ですけど、気分まかせってとこで、深く考えてやったことじゃ、ないんです。ただ、なんとなく気がむかなかったから……あたしには、そんなとき、それはまちがいだと、教えてくれるような友達もないんです」

「そうとは限らない。あなたのために、よかれと骨を折っているひとも、あるかもしれませんよ」

　サト子は秋川の顔を見た。秋川は笑いながら首を振った。

「私ではありません」

「中村さんですの？」

「中村君も、そのひとりだが、中村君ともちがいます」

「その神さまみたいなひと、どこに隠れているんでしょう？　中村さんなんかの口だと、あたしはいま、なにかたいへんなことになっているらしいのですけど、こんなときに飛びだしてきてくれるんでなくっちゃ、なんにもなりませんわね」

「出てきても来なくとも、やるだけのことはやっています……ともかく、外地に行く契約に、サインをしなかったのはよかった……それは、いろいろなものから離れて、

あなたがひとりになることだから……」

「でも、これからは、どうなるかわかりませんのよ。あぶないと思っても、飛びつかずにいられないような貧乏もあるものですから」

秋川は、いつもの思いの深い目つきになって、

「あなたは、貧乏どころか、たいへんなお金持なのかもしれません」

と宥《なだ》めるように言った。それがサト子の耳に、いかにもそらぞらしくひびいたので、すっかりやられて、ものを言う元気もなくなった。

愛一郎が、注意するように秋川にささやいた。

「パパ、神月さんがきましたよ」

サト子はぎょっとして、クロークのほうへ振返った。

アメリカでは夜会服にもなっているグレーのジャケットに、タキシード用のトルウザース。襟にマリー・ゴールドの黄色い花をつけ、神月がゆっくりとこっちへ歩いてくる。

歳月の力も、神月には作用しえなかったのだとみえる。どう数えても五十六七になっているはずだが、小皺ひとつなく、髪も口髭も黒々とし、唇は血の色がすけて、少年のような無垢の美しさをたたえていた。

神月には三人の組合せが意外だったらしく、ひととき足をとめてこちらをながめて

いたが、秋川がうなずいてみせると、すらすらとサト子のそばへやってきて、

「水上さんですね？」

と念をおしながら、ほっそりとした、白い手をさしだした。

「おばさまとは、古くからの友だちです……そういえば、お若いころにそっくりだ」

神月の手が、宙に浮いたままサト子の手を待っている。戦前、鎌倉の浮気な女たちが火遊びに現《うつつ》をぬかした伝説の男の手は、心やすくも親しそうにも、そう、やすやすと握れるものではなかった。

サト子は、しびれるような思いで、そっと神月の手にさわると、神月は横向きにソファにかけ、それがひとつのポーズになっている優美なかたちで、秋川に、

「こちらと懇意だとは、知らなかったよ」

と沈んだ調子で言った。

「水上氏とは、おやじの代からのおつきあいだ。お孫さんにお会いしたのは最近だが」

そう言うと、神月の襟の花を見て、

「ドレスアップして、どこへおしだす？」

と笑いながらたずねた。

「霞山会館で、バイヤーたちのハーロイン（万霊節）のパーティがあるんだ」

「バイヤー？　なんでもいいさ。忙しいのは結構だよ」

「そちらさまは？」

「食事をすまして帰るところだ」

「じゃ、ご遠慮なく」

「遠慮じゃない、そちらの用談がすむのを待っているんだ」

神月は秋川の意中をはかりかねて、チラリと不安な表情をうかべた。

「変な顔をすることはない。そっちの話がすんだら、サト子さんを、どこかへ誘いだそうというだけのことだ。時間がかかる？」

「すぐ、すむ」

「そんなら、ここにいようか。お邪魔でなかったら」

秋川は、立ちかけていた椅子に腰をおろしながら、

「サト子さんから聞いたんだが、ドイツのグラス・ファイバーの宣伝をするんだって？」

「そうなんだ」

「妙なことをはじめたもんだな。君の才覚ではあるまい。バック・アップしているのは、なにものなんだ？」

「れいのパーマーさ」

「パーマーって、誘導弾の売込みにきているパーマーのことか？」

神月は、いやな顔をしながら、うなずいた。

「おれが翼賛会の興亜本部にいるとき、あいつがオットー大使の後釜になってやってきた……終戦直後、一時、熱海の万平ホテルに、かくまっておいたこともあるんだ」

「日銀関係では、歓迎会をやったりしているが、なんだか、うろんな人物だな。日独協会なんかじゃ、ナチの系統などは追いだしてしまえなんて、騒いでいるということだが」

「いや、それほどの男じゃない」

「ビニロン・ジュポンの極東総支配人だなんて自称している、ウィルソンなんかもそうだが、あれらの系列は、去年の春ごろから、東南アジア諸国で、詐欺のような手段で、ウラニウムの鉱山を叩いているという噂があるね」

神月は白い喉《のど》を見せて、はははと笑った。

「ウラニウム？……知らないねえ。将来、放射能ファイバーなんてのが、できるかもしれないが、いまのところは、ガラスからとる繊維だけの問題だ」

「日独化繊の内容は知っているが……」

秋川は強い調子でおしかえした。

「パーマーなんていう、うろんなやつをバック・アップにするような商社じゃないよ」

神月は、とぼけた顔で、

「どういう調査の仕方をしたか知らないが、事実は事実だ。君には関係のないことだよ」

「関係のないことに、ぼくが口をだすと思うか」

食堂のほうから、食べものの匂いが、水脈《みお》をひいてラウンジへ流れこんでくる。このふた月のあいだ、たえず脅されつづけてきた、恐怖をともなう飢餓の感じが、胃袋のあたりを強く押しつける。

食うあてがなく、肉体と精神が恐怖をおこしている人間の気持を、このひとたちは理解できない。サト子はあてどもなくクロークのほうをながめながら、神月のほうの話をはやくきめて、いくらかでも前渡金を握りたい思いで、焦々《いらいら》してきた。

サト子のほうは退屈なだけだったが、神月と父の間にはさまった愛一郎の顔は見ものだった。愛一郎は、死んだ母の古い恋文のことで、神月にぬきさしのならないところをおさえられている。父が神月を怒らして、なにもかもさらけだされたらどうしようと思っているふうで、ハラハラしながらふたりの顔をみくらべていたが、そのうちに、

「パパ」

と、あわれな声で秋川に呼びかけた。

「サト子さん、ご用があって、いらしたんでしょう？　パパばかりしゃべっていたら、お話ができないでしょうから」

秋川は、わびるようにサト子にうなずいてみせた。

「失礼……お邪魔はしません」

サト子は神月のほうへ向きかえ、

「だいたいのことは、カオルさんから、聞きましたけど」

と控え目に切りだした。

「もうすこし、くわしいことを伺いたいんです。ファッション・ショウは、どこですることになるんでしょう」

神月は象牙《ぞうげ》の長いシガーレット・ホルダーを、口のほうへ持って行きながら、

「リオとサン・パウロ……行きがけに、シアトルと桑港《サンフランシスコ》でもやる予定です」

「ドイツのグラス・ファイバーを、日本からブラジルへ持って行くというのは、どういうことなんでしょう？」

「対米感情が悪いので、ビニロン系のものは、ブラジルでは伸びない。それで、サン・パウロの四百年祭の前に、しっかりと食いこんでおこうというのです……だから、モデルもアメリカ人でなく、日本から素質のいいひとに行ってもらうことにしまし

た」

「それで、あたしの役は、どういう？」

「あなたはリーダーになって、十人ばかりのモデルを引率して行ってくだされればいいんです」

「日程は、どれくらい？」

「往復の日数も含めて、二週間」

話の筋は通っている。秋川が心配していたような、うろんなところはどこにもない。二週間ですむのだったら、日本を離れることも苦痛ではない。シアトルに寄るなら、お祖父さんにも会えるわけだし、ギャラさえよかったら、この話をきめたいと、承諾するほうにサト子の気持が傾きかけた。

「契約書のようなものがありましたら……」

神月は笑いながら首を振った。

「むずかしい手続きはいらない。紳士協約でいきましょう」

内かくしの紙入れから、あざやかな手つきで小切手をぬきだして、テーブルのうえに置きながら、

「ギャラは、二百万円というところでおさまっていただきましょう。そのかわり、前渡しとして半分だけさしあげておきます……銀行はすぐそこだから、キャッシュ（現

金）がよければ、キャッシュでお渡ししますよ」

十四日で二百万円といえば、Aクラスの一流のモデルの報酬より、はるかにいい。ほかにむずかしい条件がなければ、断る理由はない。サト子は、ふるえる手で小切手をとりあげた。

「自信がないけど、いっしょうけんめいにやってみます」

秋川が、わきから口をだした。

「二百万円じゃ、安すぎる……そんな取引はない」

神月は、むっとしたように秋川のほうへ向きかえた。

「安いというようなギャラじゃない。君なら、いくら出す？」

「三百五十万ドルは出す」

神月は、ひきつったように笑いだした。

「三百五十万ドルというと、十二億六千万円か……なにを言いだす気なんだ」

あまり大きな話なので、サト子も釣られて笑いだした。秋川はサト子の肩にさわりながら、

「そんな話、断ってしまいなさい。あなたのからだは、たしかに、それくらいの値打ちがあるんだから」

神月は、底意のある目つきで愛一郎の顔を注視しながら、

「君のパパは、ひどいことを言っている。愛さん、だまっていないで、とりなしてくれよ」

愛一郎は、だしぬけに額ぎわまで赤くなった。

「え？　そういう約束だったろう。困るときには助けてくれるって……」

愛一郎は、口ごもりながら秋川に言った。

「この仕事がだめになると、神月さんが困るんです……おねがいだから、邪魔をしないで」

しどろもどろになっている愛一郎を、秋川はなでるような目つきでながめてから、人がちがったような辛辣《しんらつ》な顔つきになって、神月のほうへ視線を向けた。

「機会があったら、言おうと思っていたことがあるんだが、いいかね？」

神月は白々《しらじら》しく煙草の煙をふきあげながら、

「なんなりと、どうぞ」

「君に仕送りをしているのを、友情のあらわれだなどと、君にしたって、思っちゃ、いまい」

「誰がそんなことを思うもんか」

「君は、貧乏するだろうという感じだけで参ってしまうような、弱いひとで、せっぱつまると、めちゃなことをやりだすんだが、そのたびに迷惑をこうむるのは、君の古い友だちや知己なんだ……あまり貧乏にしておくのはよくないから、君のまわりのひとたちを保護する意味で、今日まで君の生活を見てきた……うちあけたところは、そうだったんだ」

マニキュアをした美しい手を、神月は目の前でうちかえしてながめ、

「君の家のほうへ、足をむけて寝たことはないんだよ、これでも」

「君の生きているあいだは、生活の苦労はさせないつもりでいる。贅沢を言いだせば、きりのないことだが、すくなくとも、現在はさほど不自由はしていないはずだ……人生の冒険も波瀾《はらん》も避けて、平安に暮して行きたいと、いつか君が言っていた。こんなあくどい仕事に手をだそうとは、思いもしなかった」

「おれが、なにをしているというんだね？」

「いま、やりかけていることは、体《てい》のいい誘拐《ゆうかい》みたいなものだと言っているんだ……サト子さんは孤独な境涯にいるが、それでも、まちがいのないようにと心配している人間も、いくらかはいる。そういう中から、サト子さんをひきだして、無理にも孤立させようというのは、どういう企みによることなんだ？」

神月は、空うそぶいたまま返事をしなかった。

「君の最近の行状を見ていると、ひどく日本人ばなれがして、第三国人になったのかというような気がするよ……苗木のウラニウム鉱山のことだが、個人の利福の問題は

べつにしても、国民全体に損失を与える結果になることを承知しながら、平気な顔で、つまらない奴らのお先棒をかついでいる」

　神月は、目にしみるような白いハンカチを抜きだすと、いいようすで口髭をぬぐいながら、

「そんなにまで、水上嬢に肩を入れているのか。そういえば、死んだ、夫人《おく》さんの若いころによく似ているよ、こちらは……邪推だったら、ゆるしてもらうが……」

　秋川は頬のあたりを紅潮させると、愁《うれ》いを含んだ複雑な表情になって、

「つまらないことをいうね。よくよく下劣なやつでも、そんな低音《ていおん》は出さないもんだが」

「こちらが、亡くなった夫人さんの若いころに似ていると言ったのが、そんなに気にさわったのか……言いあてたらしいね、悪かったよ」

　秋川はそれを聞き流して、サト子のほうへ向きかえ、

「いまの小切手を神月君に返してください、事情はあとで申します」

　きょうは、つぎつぎと劇的な場面がひきおこる。サト子には、それがなにと理解することはできなかったが、中村が言ったことなどを思いあわせ、なにかこみいった事情があるのだろうと思い、ハンド・バッグにしまいこんだ小切手を出して、テーブルのうえに置いた。そうして、心の中でつぶやいた。

「これで、また文なしになった、がっかりだわ」

神月は取るでもなく取らぬでもなく、小切手を指先でもてあそびながら、

「ここへ置いたって、返したことにはならない」

「その紙切れを、紙入れにしまいこめば、それでいいんだ。サト子さんをシアトルへ連れて行って、アメリカの鉱山法で、アチコチしようという企画は、見込みがないものと思ってくれ」

神月は愛一郎に妙な目配せをしながら、

「愛さん、パパは病気らしいよ……早く帰って、おやすみになるように、言ってくれ」

愛一郎は睫毛《まつげ》が頬に影をおとすほど深く目を伏せ、石のようにじっとしていたが、そのうちに手をのばして、そっと秋川の腕にさわった。

「パパ、帰りましょう。ぼくたち、お邪魔してるらしいから」

秋川は、愛一郎の手をとると、小さな子供にでも言うような、やさしい口調でささやいた。

「いま帰ると、サト子さんがつまらない目にあう……知っているはずだね？」

「知っています」

「聞きたいのだが、なんのために神月君に気がねをしたり、恐れたりしなければなら

ないんだ？　お前がたれよりも好きだと言っているサト子さんを見捨ててまで、神月君を庇《かば》いだてしなければならない義理があるのか」

「ぼく神月さんに借りがあるんです」

「借りというのは……金のことか？」

愛一郎は祈るように目をとじた。

神月にどうにもならない負債があることをサト子は知っているので、どういうおさまりになるのかと思って、気が気でなかった。

秋川は額を曇らせて、じっと考えこんでいたが、間もなく笑顔になって、愛一郎にうなずいてみせた。

「それは、パパが払ってあげる」

「なぜ、ぼくがそんな借りをつくるようになったか、理由を聞かないでも？」

「聞くなと言うなら、聞かなくとも、いい」

愛一郎の顔に、ほっとしたような色が浮んだ。そのとたんに、涙が筋をつくって頰につたわった。

秋川は、みえも張りもなく愛一郎の肩を抱きながら、

「子供の借金を、オヤジが払うのは、あたりまえのことだ。その話は、パパと神月君できまりをつけよう。それで、いいね？」

愛一郎がうなずいた。

　ボーイが秋川に電話だと、つたえた。秋川は立って行ったが、しばらくして戻ってくると、ラウンジの入口へサト子を呼んだ。

「新聞社の連中が、いま、ここへおしかけてくるんだそうです。たれか知らないが、電話で知らせてくれました……逃げ隠れすることはないのだが、これ以上わずらわしくなるとお困りでしょうから、やはり避けたほうがいいのかもしれない」

　サト子は空腹と、朝からの気疲れでわれともなく焦々した声をだした。

「だから、どうすればいいのか、言ってください」

「グリルへ行って、われわれと関係ないような顔で掛けていらっしゃい……私があしらっていますから、その間に、気づかれないように、すうっと出て行くんです……私の家、ごぞんじですね。電話をしておきますから、先に行って待っていてください……坂田君も来るでしょうから、じっくりと相談しましょう」

　坂田という名が耳にさからったが、どの坂田と聞きかえすひまもない。一段高くなった、奥のグリルの丸椅子に掛けると、ガゼット・バッグをかついだ新聞記者らしいのが三人、ラウンジへ駆けこんできて、突っかかるような調子で秋川にたずねた。

「日米タイムスのもんですが、水上サト子という、十三億の当り屋はどこにいます？」

「そんなお嬢さんは知らないね。見るとおり、男ばかりだ」

「おかしいな……すると、坂田省吾というのはあなたですか？」

「あいにく、そんなひともいない」

サト子はグリルの丸椅子から辷《すべ》りおりると、なに気ないふうでクロークのほうへ歩いていった。

雲の上の散歩

新聞記者の一団を置きざりにして、「アラミス」を飛びだすと、狭い通りを吹き通る風のあおりで、サト子はそこにパークしている車にぎゅっとおしつけられた。

四丁目のほうへ歩きだそうとするとき、向う側の歩道のそばにとまっているセダンの側窓から、たれか手招きしているのが見えた。

中村だ。さっき横浜へ帰ると言ったが、なにかの都合で、またここで待伏せをしている。

「もう、たくさんだ」

けさから、たえずなにかに追いまくられている。うるさい話は聞きあきた。いまねがうことはなにか足るほどに食べ、人声のしない、しずかなところで、じっくりと考えてみたいということだけだ。

　サト子が動かないと見てとると、向うの車は、すうっとこちらの歩道へ寄ってきて、側扉《ドア》をあけた、山岸芳夫だった。

「ひどく、うっとりとしているみたいじゃないですか。さっきから呼んでいたんだが、聞えなかったの？」

「風のせいでしょう、聞えなかったわ」

　顔が半分隠れるような大きな埃よけの眼鏡をかけ、冗談みたいな細い口髭を生やしているところは、どう見てもトニー・なにがしの弟子といったかっこうだ。

　カオルの話では、築地のアパートにいることを探りだしたのは、芳夫だということだった。この出会いも自然らしくない。「アラミス」にいることを知って、待伏せをしていたとしか思えなかったが、顔を見ていると、バカらしさが先にたって、まじめな話などはできそうもなかった。

「この春、日比谷の角で会ったきりでしたね。しばらく、ぐらいのことは言ってほしいよ」

「しばらくね」

「毎日、待っていたんですぜ、遊びに来てくれるっていうことだったから……おっと、こんなのんきな話をしていられない。ほら、新聞記者が出てきた……トンマな顔をして突っ立っていないで、早く」

さっきの記者たちが、ドヤドヤと「アラミス」から出てきた。先頭の二世らしいのが、サト子のほうを指さして、

「あれだ、あそこにいる」と叫んだ。

サト子が、あわてて芳夫のとなりに辷りこむと車はいきなり四丁目のほうへ走りだした。新聞社のセダンが、おおあわてにスタートしかけているのが後の窓から見えた。

芳夫は舌打ちをすると、どこかのキャバレの仕着せを着た運転手に声をかけた。

「うるさいな。あいつら、振り放してくれよ」

「よござんす。三宅坂あたりで振落してやりまさア」

運転手が伝法な口調でこたえた。

四丁目の角を左折して、日比谷の交叉点を突っきると、猛烈な勢いで三宅坂をのぼった。台風気味の強い風が、追風になっているが、車体はフワリともしない。

山岸芳夫は足もとに置いたスーツ・ケースやボストン・バッグをふんづけて、シートに寝そべりながら、

「もう、あんなに靄《かす》んじゃった」

と得意らしく、つぶやいた。

後の車は、そこで五十メートル以上もひきはなされ、トラックのうしろに小さくな

っていた。

「いい調子でしょう？　五四年型のクラウン・インペリアル……気に入ったら、取っておきなさい。たった三百万円です」

「取っておくって？」

「ほしかったら、お買いなさいって、言っているんです」

期待はずれと失意の連続で、はかない気持になっていたところだったので、こんな男だと承知しながらも、芳夫の軽薄なものの言いかたが癇にさわった。

「冗談にしても、もうすこし身につくことを言ってちょうだい。そんな話、腹がたつだけだわ」

芳夫は居ずまいをなおすと、真顔になって、「身につく話ってのを伺いましょう。あなたがしたいのは、どういうことです」

いつもの、しゃくったようなところはなく、ひどくしんみりとしていた。

「サト子さん、あなたはなにも知らないでしょうが、ことしの春から、これでもう一年近く、あなたのためにヤッサモッサやっていたんですぜ……だから、どうしてくれというんじゃない。あなたが幸福になれるように、純粋にそればかりをねがって……

……」

毎夏、鎌倉の海で遊びくらした仲で、サト子に苛《いじ》められながら、サト子の行くところならどこへでもついてくる、人なつっこい少年だった。キザな格好をするので誤解されるが、姉のカオルが言っているようなつまらないだけの男ではないはずだった。

サト子も甘いので、むかしのことを思いだして、つい親身な気持になった。

「あたし、お腹がすいてるのよ。いまの望みはなにか食べたいということだけ」

芳夫が座席のうしろに倒れて、腹を抱えて笑いだした。

「日本のルシル嬢が、腹をすかして泣いているって？　こいつは、いいや」

さんざんに笑ってから、芳夫は涙を拭いて、

「ええ、それから？」

「それから、OSSで缶詰や腸詰を山ほど買いこんで、西荻窪の離屋へ帰って、そんなものに取巻かれながら、二三日、安心してごろっちゃらしていたい……」

「それも思召しどおりにいたしましょう……それで、今日はどこへ行くところだったんです？」

「目白の秋川さんのところへ伺う約束になっているの」

芳夫はむずかしい顔になって、首を振った。

「それは、やめていただきましょう。それじゃ、日米タイムスのやつらを向けてやった甲斐《かい》がなくなる」

「あれは、あなたの仕業だったのね？　おかげで、だいじな話がこわれてしまった

わ」

「神月が恐れているのは、あなたのことが新聞に書きたてられて、じぶんらの暗い仕事が明るみに出ることなんだ。新聞記者をさしむけてやれば、いやでもあなたを逃がすだろうと思ったから」

「なんのために、そんなことをするの？　神月はともかく、秋川さんまでが迷惑するわ」

「秋川はいい人間だが、二ヵ月ほど前から、あなたにとって危険な存在になっているんです。秋川のところへ行くのは、当分、見合わせてください」

「それは命令なの？」

「いや忠告です……それから、いま西荻窪と言ったが、あそこの離屋へ帰るのも、やめていただきましょう」

足もとのスーツ・ケースを顎《あご》でしゃくって、

「当座困らないようにと思って、西荻窪へ行って、あなたの身のまわりのものを持ってきました」

サト子は腹をたてて、底のはいった声でたずねた。

「あたしをどこへ連れて行こうというの？」

「麻布に適当な家を見つけておきましたが、お気にいらなかったら、お望みのところへご案内します。箱根でも、熱海でも……」

「あなたなんかと、そんなところへ行くと思う?」

芳夫は、ふむと鼻をならすと、なんともいえない複雑な笑いかたをした。

「その考えかた、通俗ですね……あなたには、ぼくってものがまるっきりわかっちゃいないんだ」

そういうと、感慨をとりまとめようとでもするように、煙草をだしてゆっくりと火をつけた。

「子供のころ、ぼくはあなたほど好きなひとはなかった。あなたのそばへ行くたびに、胸をドキドキさせていたもんです。そのときの印象は、いまでも心のどこかに残っているが、ぜひともあなたに愛されたいとも、結婚したいとも思っちゃいないんですよ……位取りがちがうんだ。あなたはあまり立派すぎて、ぼくの手に余るんですよ。あなたと結婚したら、ぼくの半生はひどく窮屈なものになるでしょう。それはもうわかっている。ぼくが結婚する相手は、あなたより二ポイントほど下った、平凡な女で結構です……ともかく、ぼくには保護感情みたいなものがあって、しきりにたれかに奉仕したがっているらしい。いまのところ、それがあなただというだけのことなんだから、誤解のないようにねがいたいです」

車は青山一丁目のあたりを走っている。芳夫は脇窓から町並《まちなみ》をながめながら、

「笄町《こうがいちょう》へやってくれ」

と運転手に言った。

「よけいなことを言うなよ」

芳夫が運転手を叱りつけると、車は急に勢いづいて、墓地の間の道を麻布の高台のほうへ走りだした。

「いま、家をお目にかけますが、ほかに、なにかお望みがありますか」

「仕事の口が二つあったんだけど、どちらもうまくいきそうもないの。あなたがアラディンのランプを持っているなら、明日からでもすぐ働けるところと、前渡金をすこしもらえるようにしていただきたいもんですね」

芳夫は脇にひきつけていたPAAの空色の飛行鞄《エア・バッグ》のジッパーをあけて、中のものを見せた。サト子がのぞきこんでみると、緑色をした外国の紙幣らしいものが束になって、コミあうように口もとまでいっぱいに詰まっていた。

「それはお札《さつ》なの？」

「アメリカの本国ドル……三万ドルありますが、これで足りますか」

「たいへんなお金だわ」

「こんなものにおどろくことはない。あなたの取分《とりぶん》の百分の一にもあたらないんだから」

芳夫はポケットから「シアトル日報」という邦字新聞を抜きだして、『日本のルシル嬢、水上サト子さん』という見出しのついたところを指さしてみせた。

「ルシルって、誰のことなの」

「ルシルってのは、初代のロックフェラーの巨万の財産を相続した、有名な孫娘です……まあ、読んでごらんなさい」

有江曾太郎が氷川丸に乗る前夜、シアトルの新聞記者に語った談話の概要で、水上サト子に遺贈された三百五十万ドルに相当するウラニウム鉱山の鉱業権が、坂田省吾という山師の手に渡り、サト子と叔母の由良ふみ子が相続権の問題でゴタゴタしているところへ、在日の不良外人が介在して、受益権者の立場が危険に瀕《ひん》している。今度の帰国は展墓が目的だが、亡友の意志を継いで水上氏の孫娘の諸権利を確立したいためでもあると結んであった。

「こういうわけで、ヤッサモッサやっていたんです。この金はウィルソンという奴からひったくったんで、開発参加料だとも、入札参加料だとも、いいように考えてくだすってよろしい。ともかく、ぼくがあなたの代理で、仮受取をおいてきました」

なんのことなのか、じっくりと頭にはいってこない。よく聞いて見ようと思っているうちに、緑色の陶瓦のある塀を長々とひきまわした、大きな屋敷の前で車がとまった。

鋳金の鉄門から赤針樅《あかはりもみ》の並木道がつづき、その奥に白堊《はくあ》の大きな西洋館が見えた。

「あなたのお世話はメードがするはずです……車は、運転手つきで、一週間、借切りにしてありますから、出掛けるときはこれに乗るように……どこへ行かれてもいいが、有江の話がすむまでは、秋川や神月の一族に会わないほうがいいです……あなたが、ここにいることは、モデル・クラブの天城が知っていますから、用のあるときは連絡してください」

そう言うと、このひとは清水君、と運転手を紹介した。

「ボーイと夜警の役をしてくれるはずだから、なんでもいいつけてくだすって結構です」

並木の間の道を、エプロンをつけたメードが二人駆けてきて、サト子の鞄とエア・バッグを受取った。

「じゃ、近いうちに」

挨拶をすると、芳夫は風に飛ばされながら、いま来たほうへひとりで帰って行った。

三方にひらけた麻布の高台の地形を利用して、丘と谷のある見事な造庭をしている。サト子の部屋の窓から見える部分だけでも、二千坪はあるだろう。いちめんの芝生で、余計な木は植えていない。紡錘形に剪定《せんてい》したアスナロを模様のようにところどころに植えこみ、その間に花壇と睡蓮の池がある。芝生の中の小径《こみち》に沿って、唐草模様の鉄骨のアーチが立ち、からみあがった薔薇の蔓《つる》が枯れ残っていた。

二階のバルコンに出ると、遠くに秩父の連峰が見え、反対の側には赤十字病院の軍艦のような白い建物が、芝生の枯色と対照していい点景になっている。

この五日、サト子は広大な洋館の翼屋《よくおく》で、のうのうと暮していた。

脇間のついた二十畳ほどの居間の奥は寝室で、つづきが化粧室と浴室。五メートルもある化粧室の一方の壁は、全部ローブをおさめる隠し戸棚になっている。両開きの大きな扉をあけると、二側になったチューブの横棒《バア》にハンガアが三百ほど掛かり、下は靴棚で、これも二百ほど仕切りがあった。

芳夫にこの家へ連れてこられた日、あるだけのハンガアにローブが掛かり、靴棚にぎっしりと靴が詰っているところを想像して、サト子は、あっけにとられた。

浴室は天井まで模造大理石を張りつめ、十人もいっしょにはいれるような薄緑の蛇紋石《じゃもんせき》の大きな浴槽のそばに、タオルのおおいをかけたスポンジの寝椅子が置いてある。湯上りに、ためしに寝ころがってみたら、厚いスポンジの層がサト子のからだをフンワリと受けとめ、宙に浮いているような安楽な状態にしてくれた。

「贅沢というのは、なるほど、こんなものなんだわ」

どんなひとが住んでいた家か知らない。外国の映画では、これによく似た夢のような場面をいくどか見たが、東京の山の手に現実にこんな生活をしていた人間がいたとは、貧乏で衰弱したサト子の頭では、どうしても納得しかねた。

次の日の朝、芳夫から電話がきた。

「いまの家、気に入りましたか」

「気に入ったなんて段じゃないわ、あまりすごいので、おろおろしているのよ」

「気に入ったら、買ったらどうです？　千万ぐらいで話がつくと思いますが」

サト子は三万ドルの紙幣のはいっている、空色の飛行鞄のほうへ振返りながら、この家も、買えば買えるのだと思うと、いままではたいして気にもしていなかった十三億という金の効用が、あらためて意識にのぼって、ぞっと鳥膚をたてた。

「途方もないことをいうのは、やめてちょうだい……それでなくとも、バカなことをやりだしそうで困っているんだから」

宙に浮いている感じは、スポンジの寝椅子に寝るときだけではなくて、ここの生活自体が、雲の上の青い天界を散歩しているような、のどかなおもむきがあった。

朝の九時、メードがそっとカーテンをあけにくる。サト子が食事をと言うと、ひとりは寝室用の細長い朝食膳を、ひとりはオレンジの果物盃《カップ》や、ジャムの壺や、生クリームや、コォフィや、焼立てのプチ・パンなどを載せた盆を持ってはいってくる。朝食膳の脚を起し、サト子の膝の上にまたがせて盆を載せ、スマートな手つきで食器の位置をあんばいし、サト子の胸にナプキンをひろげて出て行く。

気がむけば、朝食のあとで風呂にはいる。カランをひねったりすることはいらない。なにもかも、十語以内の命令でカタがつく。インター・ホーンのスイッチをあけて、バスを、というと、メードがなにもかもやってくれる。

芳夫の話では、コックとコックの下働きと、メードがふたり……つまり四人ひと組になってホテルから出張してくる仕掛けなのだそうだが、こんなふうに行き届きすぎると、なにもする気がなくなる。

最初の二日ほどは、夕食は本館の食堂へ食べに行っていたが、それもやめた。食べる心配がないときまると、あんなにも叫びつづけていた胃袋が急にだまりこんでしまい、思うほど食べものを受付けてくれない。いまの東京では、外へ出ても、これ以上の贅沢があるわけはないと思うと、出掛ける気もしない。無為の生活のなかで、人間がだんだん物臭くなって行く経過がわかって面白くもあるが、おかげで寝つきが悪くなり、はやく有江のほうの話がきまって、ほんとうに金持になればいい……などと考えるようになった。

「夕食は、どちらで？」

とメードが聞きにきた。

「ここへお持ちいたしましょうか」

サト子は煮えきらない調子で言った。

「ちょっと待って……」

もったいぶっているわけではない。

ふやけたような生活をしているうちに、あたまのなかが甘ったるくなり、決断力が鈍って、ものごとをハッキリときめにくくなった。

「どうしようかしら」

「やはり、お持ちいたしましょう」

それでも困る。こんなことをしていると、肥るばかりだ。おっくうだが、すこしは運動をしなくてはなるまい。それで、やっと気持がきまった。

「きょうは、食堂へ行きます」

広大もない衣装戸棚に一着だけ吊ってある一帳羅のカクテル・ドレスに着かえると、サト子は朽葉色の絨毯《じゅうたん》を敷いた長い歩廊を、本館の食堂のあるほうへ行った。「歩き方コンテスト」の賞品にもらったカクテル・ドレスの裾をひらひらさせ、気取ったポーズで長い廊下を歩いて行く。ファッション・ショウのステージでステップするときのような愛嬌は、みじんもない。映画に出てくる伯爵夫人のように、高慢につんとすましている。

「見ているひとなんかいないのに……あたしって、なんてバカなんだろう」

くだらないと思ってはいるのだが、こういう環境にはまりこんでから、急に気位が高くなったみたいで、メードたちの前へ出ると、われともなくこんなポーズをとってしまう。

「やれやれだわ」

趣味のいい家具を置いた明るいサロンを二つ通りぬけると、その奥に食堂がある。むやみに天井の高い広々したホールで、ゆっくり四十人はすわれようという長い食卓の端に、一人前の食器が寒々と置いてある。

最初の夜、シャンデリヤの光りのあふれる森閑とした大食堂で、ぽつねんとひとりで食事をする様式の威厳に圧倒されたが、いまは、これも悪くないと思うようになった。

食卓につく。ありがたいことに、今夜は食欲がある。

若いほうのメードが、オードォヴルの皿を持ちだしながら、

「お写真、とっても、よくとれていましたわ」

と、そんなことを言う。

慣れなれしいのが、サト子の感触を害す。たしなめるつもりで、じっと顔をみてやる。

「それは、なんの話?」

「きのうの新聞、ごらんにならなかったんですか。日本のロックフェラー嬢って……」

とうとう新聞に出たらしい。きのうあたりから、メードたちがみょうに興奮して、なにか言いたげだったが、それが原因だったのだと、サト子は理解した。

ファッション・モデルのアルバイトに、テレビのスポット・モデルをしていたことがある。原板は捜せばどこにでもあるのだろうが、醬油の瓶を抱いている写真なんかだったら、あまり派手すぎておもしろくない。

「むかしから、新聞は読まない趣味なの……どんな写真でした？」

「すごいイヴニングを召して、笑っていらっしゃる写真でした」

その口なら、まあ悪くない。それにしても、メードたちはすこししゃべりすぎるようだ。自分だったらこんな躾《しつけ》はしない。給仕は男のほうがいいかもしれない。食堂も、こんなふうに広すぎるのは落着きがない……

食堂の平面図がつぎつぎに目にうかぶ……一方をガラス壁にし、新芸術派のチューブの家具を、巧まぬ粋を見せてあちらこちらに配置したところで、長いコードをひきずりながら、メードが電話器を運んできた。

「もしもし、サト子さん？」

山岸芳夫の姉のカオルだった。

「しばアらく……ここにいること、よくわかったわね」

「そこへ連れて行ったのは芳夫なんでしょ？　わからないわけ、ないじゃないの」

「なにかご用でした？」

「お聞きしたいことがあって……」

そこで声が途切れた。

「神月……ゆうべ自殺したのよ、ヴェロナールを飲んで……あのバカおやじ、頬紅なんかつけて、お化粧をして死んでたわ」

「思いもかけなかったわ。この間、お目にかかったばかりなのに……」

「あなたがお悔みをいうことはないでしょう」

「あたしだって、神月さん、好きだったのよ」

「ありがとう……神月はあたしの父だったの。最近、わかったの……怒鳴りこみに行ったんだけど、抱きついて泣いちゃったわ……あたし、なにを言ってるのかしら？」

「伺っています……もっと、おっしゃって」

「あなたって、いいひとだわ……いずれ、わかるでしょうけど、神月とあたしのしたこと、悪く思わないでね……神月は、悪党というのじゃないのよ。もういちどだけ浮びあがりたいと思って、あせっただけなの……ブラジルに、先代が買った土地があって、神月はそこで農園をやりたいので、秋川に五百万円くらい出させたかったんだけど、言いだせないもんだから、死んだ夫人《おく》さんの古い恋文で愛一郎をおどしつけて、なんとか、ネダリ取ろうと思ったわけなのね」

「そのへんのことは、あたしも、うすうす知ってるわ」

「うちあけたところ、神月は死んだ夫人さんの手紙なんか、持っていなかったのよ……あることはあったんでしょうけど。飯島の家の屋根部屋かなんかへほうりあげたきり、どこにあるのか思いだせなかったの……そういう弱味があるので、押しきれなかったらしい……それはそれとして秋川が、だまってお金を出してくれたら、パーマーなんかと組んで、あなたのものを裏から剝《は》ぎとりにかかるようなあくどいことは考えなかったでしょう」

「いろいろなひとが、なにかいうけど、どういうことなのか、よくわからないのよ」

「あなたが神月に会った日、秋川と愛一郎がその席にいて、うまいところへ話がいきかけたので、神月がパーマーのほうをキッパリと断ったら、間もなく、愛一郎が急に強くなって、その話をこわしてしまったふうなの……それだけが、自殺の原因だとも思わないけど、なぜ愛一郎が急に強くなったのか、なにか心当りはない？」

　愛一郎に届けてくれと言って、久慈の娘が袱紗包みの手紙の束を持ってきたことを話すと、カオルは考えてから、

「それが秋川の夫人さんの古い恋文だったんだわ……愛一郎も神月も捜しだせなかっ

たものを、久慈の娘が捜しだしたというわけなのね」

「あたし、たいへんなことをしてしまった」

「あなたがどうしたというようなことじゃないわ、天命なのよ……でも、もういちど浮びあがらせてやりたかった。あたしもいっしょにブラジルへ行くはずだったのよ、もう日本へ帰って来ないつもりで……ごめんなさい、長い電話になったわ……あす有江というひとが横浜に着くんですってね？　神月は死んだし、芳夫は横浜税関の監視部で調べられているし、これで二人ツブレたわけね。こうなれば山岸だってひっこむでしょうし、あとは、飯島の叔母さまと坂田だけ……秋川と中村が後押しをしているから、絶対にあなたの勝利よ」

翼屋へ帰ると、中村と警視庁の防犯課の係官というのが、サト子を待っていた。いつものおだやかな中村ではなくて、ひどく冷淡にかまえていた。サト子は雲から足を踏みはずしかけているあぶなっかしさを感じながら、おずおずと中村に言いかけてみた。

「ご縁があるとみえて、よく係合いになるわね」

中村は返事もしなかった。大学の助教授といったタイプの係官が、床の上に置いた飛行鞄《エア・バッグ》のほうを顎でしゃくった。

「この中から、なにか、お出しになりましたか？」

「さわったこともないわ」

係官はジッパーに封印をすると、それを無造作にテーブルの上に投げだした。

「香港《ホンコン》で流している偽《にせ》ドルです。こんなものを使ったら、飛んだことになるところでした」

そういうと、ポケットから写真をだしてサト子に見せた。

いくつも丸卓を置いた豪奢《ごうしゃ》なホールの前景に、タキシードを着た坂田省吾が、神月と二人の外国人の間にはさまって、シャンパンを飲んでいるところがうつっている。

ジャンパーを着て、牛車で野菜を売って歩いていた坂田省吾に、こんな生活の面があるとは信じられないようなことだった。

「霞山会館の、バイヤーたちの万霊節のパーティの写真です。これはパーマー、これはウィルソン、これが坂田……この三日後に神月が自殺した……不良外人が複雑にひっかかっているので難儀しているのですが、この飛行鞄を山岸芳夫に預けたのは、このうちのどれです？　ごぞんじなら教えてください」

春に寄す

亀ケ谷《かめがやつ》のトンネルを抜けると、車窓から見える景物がにわかに春めかしくなる。

晴れているくせに、どこかはっきりしない浅黄色の春の空を背景にして、山裾の農家の瀬戸に、ルビー色のめざましい花をつけた紅梅が一本、立っている。トンネルの闇におししずめられた目には、泰西画廊で見た、たれやらの「花火」の絵のように、あざやかだった。

家族連れのGIが、窓ガラス越しにカメラをむけて、しきりにシャッターをきっている。

サト子は網棚からとりおろしたスプリングに腕を通しながら、けさ、出がけにあったちょっとした出来事を思いだした。

小径づくりの植木《うえき》溜《だめ》に植えてあるユスラ梅やタチバナの枝に、売約済のシュロ縄《なわ》が結びつけてあった。この離屋を借りた日から、ひいきにしていた花木たちだったので、名残りが惜しくて、主人にたずねてみた。

「まあ、売れちゃったの？」

「売れました」

「かあいそうに……どこへ行くのかしら？」

「北鎌倉の秋川さんというお宅へ」

「あら、そうなの」

だしぬかれたようで拍子抜けがしたが、不愉快ではなかった。

歳暮《くれ》近いころ、れいの遺産の問題で秋川に会った。秋川は、

「この問題はあなたの手にあまるようだから、私が預ります。解決するまで、途中のいきさつは、いっさい報告しませんから、あなたもこのことを頭からぬいて、考えないようになさい」

とハッキリと言い渡されたので、その日は夕食をしただけで別れたが、そのとき、なにかのつづきで、花木たちの話がでた。

帰りぎわに、秋川が味なことを言った。

「愛一郎は、久慈さんのお嬢さんと結婚するつもりでいるらしいんです……それで、東京の家は二人にやって、私は扇ケ谷に住むつもりでいますが、よろしかったら、部屋を使ってください。いま勤めていられる川崎の鉱山研究所へお通いになるにしても、西荻窪から中央線で東京へ出るより、あちらのほうがずっと便利です……もし、いつまでも住んでくださるんだったら、これはもう、ねがってもないことですが……」

秋川が遠まわしにプロポーズしていることは、もちろんサト子も察したが、

「ありがたいんですけど、植木たちに別れるのがつらいから、やはり荻窪にいますわ」

と言いつくろっておいた。

秋川は、そんなことなら……と事もなげに笑っていたが、サト子を北鎌倉の家にひ

きつけるために、植木溜の植木をそっくりそこの家の庭へ移すことを、そのときもう考えていたのかも知れない……

愛一郎と暁子が鎌倉の駅口に迎えにきていた。サト子に合図をすると、愛一郎は小学生のように暁子と手をひきあいながら、車のほうへ駆けて行った。

愛一郎が操縦席におさまると、暁子はすっきりした地色の訪問着の袖を庇《かば》いながら、

「あたくし、助手」

と愛一郎のとなりのシートに辷《すべ》りこんだ。

「ゆうべおそく、秋川さんから電報を頂いたんですけど」

愛一郎は、スターターを押しながら、

「きょうは公式の会合があるはずなんです」

と、こたえた。思いついて、サト子がたずねた。

「というと、おふたりの婚約のお披露?」

「いゝえ……それは、またいずれ……」

暁子があどけないくらいな口調で言った。

「きょうは愛一郎さんのお誕生日なの……そして、あたくしの誕生日」

去年の冬、袱紗包みを持ってたずねてきたときは、枯葉のように萎《しお》れていたが、きょうは咲きほころびた春の花のように生々としていた。

「秋川のおじさまとおばさまも、そうだったんですって。暁子、とってもうれしいの」

愛一郎と暁子が婚約しかけていることは、秋川から聞いていた。

四苦八苦の恋愛をして、ゴールに辿《たど》りつくのも味があるが、波風をたてずに、おっとりと結びついた姿も好もしいものだ。操縦席で肩を寄せあっているふたりを見ながら、秋川のプロポーズを受入れれば、その日から、このひとたちは、じぶんの子供になるのだと思うと、うれしいような不安なような気持になった。

坂道をうねりあがって行くと、苔《こけ》さびた陰気な石の門が、唐草模様《アラベスク》の透かしのあるしゃれた鉄の門に変っている。

おどろに葎《むぐら》のしげっていた、前庭の花圃《かほ》が取払われ、秋川夫人の遺品《かたみ》を置いてあった部屋は、翼屋の一郭ごとそっくり姿を消し、そのあとに、小径づくりの茶庭を控えた数寄屋が建っていた。

「すっかり変ってしまったわね」

「古いものは、なにも残っていません。パパが言っていましたよ、気に入ってくれればいいがって……パパはあなたのために、やっているんです、つまるところはね」

秋川が献上の帯に白足袋という装《なり》で玄関へ出てきた。

「いらっしゃい……訳のわからない電報で、びっくりなすったでしょう」

「きょうは、おふたりの誕生日のお祝い?」

「それもあるが、その前に、ちょっとお話を」

愛一郎と暁子に、あなたたちは庭で遊んでいなさいと言い、先に立って、サト子を奥の客間へ連れて行った。

「お勤めのほうは、どんなぐあいです?」

ソファに掛けるなり、秋川がたずねた。

「資源庁の外局なんかとちがって、みな、よく勉強するそうじゃないですか」

「技官の指導で、雇員だけのグループでウラニウム資源の研究会のようなものをやっています。……でも、どうして、そんなこと、ごぞんじ?」

「あなたをあそこへ入れたのは、われわれの仕業だったんです」

祖父の死や、神月の自殺や、偽ドルのかかりあい、質《たち》の悪い外国人に国外へ連れだされかけたゴタゴタのあと、麻布の家の夢のような贅沢な生活からほうりだされてから、地道な職業につきたい思いで、鉱山保安局にいる叔父のところへあらためて就職の依頼に行ったら、あっさりと川崎の鉱山調査研究所の雇員にしてくれた。叔父の紹介だとばかり思っていたが、こんなところにも、秋川の陰の力が働いていたのらしい。

「あなたのお話を伺っていると、あたしは将棋の歩《ふ》で、上手な将棋指しの手にかかって、いいように動かされているみたい」

秋川は笑いながら、

「ウラニウムという化物の正体を、いくらかでも見きわめておくのは、あなたとしても、必要なことだと思ったから……これは、坂田君の意見でもあるのですが」

坂田という名がサト子の耳に逆らった。

「坂田って、いったい、どういうひとなんでしょう？　西荻窪の植木屋の前で牛車をとめて、縁に腰をかけて稗搗節をうたったりするので、素朴ないい青年だと思っていたのですが、日米タイムスには、水上の遺産を横領した山師だ、なんて書いてありましたね……遺産のことはもちろん、お祖父さんがシアトルで死んだことさえ、長いあいだ、ただのひと言も、口からだしませんでしたわ」

「いま遺産とおっしゃったが、そんなものは存在しないのですよ。苗木の谷のウラニウム鉱山は、坂田君が水上氏から一ドルで買ったものですが、それに付随するうるさい問題があって、たいへんに紛糾した……新聞でお読みになったでしょうが、あなたがいられた麻布のウィルソンの家は、横浜税関の差押物件になり、当のウィルソンはアメリカへ送還された。パーマーはドイツへ帰るそうだし、山岸は損になることはしない男だから、これも間もなくひっこむでしょう……ここへ辿りついたのは、並々ならぬ苦労のすえのことで、その間、坂田君が悪党だと思われてもしようのないような、むずかしい時期があったのだと思ってください」

サト子は気のない調子でたずねた。

「ウラニウムの話ばかり出るようですけど、きょうは、なにかそういうことでも？」

「坂田君が、苗木の谷の鉱業権をオプションにかけるので、これからそれをやります……奥の書斎に、飯島の叔母さまがいられます。立会人として、シアトルから来た有江老人も」

「オプションというのは、二者択一の入札のことですね。オプションは、参加権料といってすごい権利金がいるものなんでしょう？」

「坂田君は、そんなものは要求していません……水上さんの長女の由良ふみ子さんと、お孫さんのあなたのふたりだけを参加権者に指定している、といったくらいのところ……むずかしいことはなにもない。あなたがこうと思う値段を紙に書いて、坂田君に手渡しすればそれでいいのです……失礼だが、その金は私に保証させていただきましょう」

サト子は、じっくりと考えてから言った。

「……ということは、あたしと飯島の叔母の争いになるわけなのね？　どうしても、そうしなくちゃ、いけないんですの？」

「坂田君としては、ぜひともあなたに買っていただきたいらしい。そうできれば、水上氏の臨終のご意志も疎通するわけだから」

「山岸さんの芳夫さんが、言っていましたが、日本では父の遺産は、たとえどんな遺言書があっても、一応、直系卑属のところへ全部行くものなんでしょう？　あたしは孫ですから、叔母にその気があれば、半分くらいもらえる程度で、それ以上の権利はないはずなんです」

秋川はサト子の肩に手を置きながら、

「それはそうだが、その前に、こういうことを考えてみてください……日本には、原子力を管理する、原子力委員会というようなものもない。ウラニウム輸出禁止の法案も、まだできていない。ウラニウムそのものについても、まったくの野放し状態で、鉱区をきめて掘るという、鉱業法の法定鉱物にすらなっていないのだから、誰がどこを掘ろうと勝手だし、買手があれば、外国へ売ることだってできる……だから、金ほしさに、外国へ譲渡する懸念のあるひとのところへ、鉱業権が移るのは好ましくない。日本人として、どうしたって、これは阻止する義務があるわけなんです」

「あたしが外国へ売らないという、保証があります？」

「われわれはあなた方の世代に期待をかけているんですよ……ウラニウムというものの性質からいって、平和工業にだけ利用されるとはきまっていない。この間のビキニのような新型ウラニウム爆弾になって、どこかの国に死の灰を降らせるかもしれないことを承知しながら、あなたが苗木の谷の鉱業権を、外国に売り渡すだろうとは思わない……坂田君もそう信じています」

庭にむいた明るい書斎に、坂田と叔母の由良ふみ子と有江老人が掛けていた。

由良ふみ子はタフタの黒っぽいアフタヌンを着て、れいの賢夫人の風格で、ひとり離れた椅子に、しずまっていた。

「おばさま、ごぶさたして……」

「ごぶさたはお互さまだけど、あなた、このごろ役所に勤めているんだって？　モデルなんかよりそのほうがマトモよ。暇もないだろうが、気がむいたら、遊びにくるといいわ」

「夏にでもなったら、また、お留守番にあがりますわ」

秋川がサト子を有江老人に紹介した。

「お孫さんのサト子さんです」

サト子がそばへ行っておじぎをした。

「いつか、電報をいただきましたが、ご承知のようなわけで、お目にかかれなくて……」

有江老人は、わかってるわかってると、うるさそうにうなずくと、モジャモジャの毛虫眉の下から落窪んだ小さな目を光らせながら、

「ファザーもマザーも亡くなって、ひとりでいるそうだな。ユウに属する権利は、全

力をあげて保護してやるから安心しなさい」

と浪花節調の末枯声《うらがれ》で言った。

生地はいいが、一世紀前の型の服を着ている。網代《あじろ》に皺のはいった因業な顔も、憎体なものの言いかたも、ひどく日本人離れがしているので、「クリスマス・カロル」にでてくる、憎まれもののおやじを思いだして笑いたくなった。

坂田はトックリ・セーターにジャンパーという、牛車で野菜を売りにくる、いつもの無造作な装《なり》で、大きなドタ靴をバタバタさせながらサト子のいるほうへやってきた。

「坂田さん、しばらく……あたし、あなたにおわびしなければならないことがあるのよ」

坂田は黒々と日に焼けた顔を反らせて、

「どんなことです？　私にわびることなんか、ないはずだが」

三十二枚の歯をそっくりみせて、おおらかに笑うと、

「オプションをはじめる前に、苗木の谷の鉱業権を、一ドルで水上氏に売り付けられた当時のことを説明しないと、ひとをだますことになる……そうでなくても、あまり、よく思われていないんだから」

由良ふみ子が冷淡に突っぱねた。

「あなたの言いたいことはわかっています。簡単にやってください」

「水上氏が三万カウントのサマルスキー石を持って、アメリカへ帰って来た。原子力委員会の裏付けがあったので、この石が苗木の谷から出たという確証があれば、一鉱区五万ドルで買ってもいいという買手がついた……」

由良があとをひきとった。

「一鉱区、五万ドルとして、三百五十万ドル、十二億六千万円……ね？」

「七十鉱区だから、そういう計算になりましょう」

由良がグイと背筋をたてた。あばれだすときの癖なので、なにを言うつもりなのかと、サト子は遠くから叔母の顔を見まもった。

「それを、あたしとサト子とで糶《せ》るわけ？」

「私としては、だれに売ったっていいのだが、あなたを除外するとおさまらないでしょうから、こんな余計なこともするんです」

「そんなら、オプションなんか、することはないわ。父の遺言どおりに、そっくりサト子にやったらいいじゃありませんか」

一座が、しんとした。どこかで鶯《うぐいす》が鳴いている声が聞えた。

「坂田さんはひとが良いから、父の妄想をいたわってやる気で、一ドルも払ったのでしょうが、あたしは父を愛していないし、ムダなことは大きらいだから、ただの十円だって出したくはありませんね」

有江が、つぶやいた。

「水上が、なぜ長女に遺産を譲りたがらなかったか、ミイにも、よくわかったよ」

由良が手きびしくやりかえした。

「父と同様、あなたもだいぶオメデタイかたのようだわ。十二億六千万円……なんという夢を見たんでしょう？　山師だの山見《やまみ》だのという連中は、熱にうかされた子供みたいなもんだから、アメリカ人の空約束《からやくそく》で、ひと財産、つかんだような気になったのでしょうが、苗木の谷になにがあるというんです？……行ってみて、あきれてしまったわ。千分の一ぐらいは、それらしいものを含んでいるんでしょうが、煎《せん》じつめたところ、天然ウラニウムといっている石ころ同然のものじゃありませんか……ウラニウムにたいする政府の態度がきまらないから、買上げを期待することもできない。何百万もかけて、選鉱と精錬の設備をしてみたところが、平和工業に利用できる『二三五』を出すなんて、いつのことだか……それだって、アメリカから原鉱を輸入するようになったら、日本のウラニウムなんか、使いものにはならない……そんなものに、これから先何年か、試掘料と鉱区税を払うのでは、ひきあうもんじゃないから」

坂田が皮肉な調子で言った。

「私の計算とは、すこしちがうようですね。無価値どころか、役に立ちすぎて困る面があるんですよ。現に、ウィルソンという男が三万ドルで買いかけたじゃないですサト子のところへ運んで行ったので助かったけど……」

「偽ドルで結構はないでしょう……山岸の芳夫が、こっちへ持って来るはずのものを、
「たとえ、なんだろうと」
「偽ドルでね」
か」

由良は説いて聞かせる調子で、

「はじめ、軍票ドルで持って来ましたが、突っ返してやったわ……その軍票は、偽の本国ドルと引替えに、横須賀のパンスケたちに集めさせたものらしい。それがわかったもんだから、パンスケたちがおこって、仲介した女とウィルソンをめちゃめちゃにひっぱたいたという騒ぎ……サト子さん、あなたを養っていた大矢という飯島の漁師の娘は、砂袋で叩かれて聖路加に入院しているそうよ……警察部の中村というひとが言っていたけどカオルさんも、ドイツ人と組んで、ひどいことをやりかけていたそうだし、神月が自殺したのも、つまりは偽ドルの係りあいだったらしい。あなたも気をつけたほうがいいわ」

さんざ、いやがらせを言ってから坂田に、

「私はもうコリゴリ……あの鉱山には、一切、関係しませんから、そう思っていただくわ」

坂田がいかめしいくらいな口調でサト子に言った。

「私がなにより恐れたのは、十二億六千万円という、想像の値うちのことでした。あの鉱山に何百万円かかけて三百尺も掘ったら、十二億以上のものが出るかも知れないが、それは未来のことで、現実は零に近い……十三億というのは、相当、しっかりした頭でも狂いださせるに足る金だから、有頂天にしたあとで、じつは零だったというような話なら、聞かせないほうがマシだと思って、きょうまで、ひと言も言いませんでした」

「それは、さっき秋川さんから伺いました」

「私は鉱山の仕事に嫌気がさして、親父のやっていた、清浄野菜つくりに商売替えした人間です……あなたに渡して、一日も早く身軽になりたかったが、それでは、重荷をあなたの肩へ移すだけだと思って、今日まで辛抱していましたが、だいたい、むずかしいところは切抜けたようだから、これからは、あなたがやってください……一ドルで買ったものだから、三百六十円でお売りします」

広い芝生の庭に、うらうらと春の日が照り、白いエプロンをかけたメードたちが、派手な日除の下へバースデイ・ケーキや飲物を運んでいる。

どのみち、手にあうようなことではないのだ。ウラニウムのことなど、どうでもよくなり、サト子は、庭へ出て愛一郎や暁子と遊びたくなった。

「むずかしいところを切抜けたとおっしゃったようだけど、むずかしいってのは、どういうことだったんでしょう？」

「去年の七月ごろから、日本の天然ウラニウムに外国人が急に興味をしめすようになって、『二三八』しか出ない石山同然のものを三万ドルで買うというんです……間もなく、その訳がわかった……去年の三月に、ビキニで実験したウラニウム爆弾は、世界中、どこの原子炉ででも簡単に生産できる『二三八』を使ったものでした。それが日本のどこかへ落ちたとすると、三分の二以上の地域を、少なくとも三ヵ月の間、死の灰で蔽《おお》ってしまうから、あなたも私も……その区域にいる日本人は、どうしたって、ひとりも助からない……あの連中が買いつけにかかったのは、鉱石ではなくて鉱業権なので、じぶんらでしっかりとおさえておいて、将来、必要なときが来ても、日本人に手が出せないようにしようということだった……苗木の谷の鉱山は、こういう性質のものだと思ってください」

サト子はおかしくなって笑いだした。

「あたしは三百六十円払って、火薬庫の番人になるわけなのね」

秋川がサト子のそばへ来た。

「火薬庫の番人だから、盗まれたり火を出したりしないようにしっかりやってくれる、信用のおけるひとでなくちゃならないわけですね」

愛一郎がドアをあけて顔をだした。

「パパ、まだですか？　サト子さん、お借りして、いいでしょうか」

「いいとも」

サト子はいそいそと椅子から立上ると、愛一郎と腕を組んで庭へはねだした。

日除の下のテーブルの端に、黒い紗のリボンをつけた小さな花束が一つ置いてあった。

「あの花束、なんなの？」

愛一郎は沈んだ顔つきで、

「あの席は、ぼくの誕生日に、いつも神月さんが掛けていた席なんです」

サト子は急いで話題をかえた。

「でも、カオルさん、いらっしゃるんでしょ？」

「カオルさんはパパと結婚したがっていたけど、もう、あきらめたらしい。有江さんと同じ船でアメリカへ行くんだそうです……ぼく、バカなことをしたばかりに、友だちを二人もなくしてしまった」

そこまで言うと、急に笑いだしながら松林のほうを指さした。

「暁子さん、待ちくたびれて、あんなことをしています」

むこう、松林につづく広い芝生の庭の端で、暁子が舞扇をかざしながら、楽しそうにひとりで踊をおどっているのが見えた。

ねぼけたような鶯が鳴いている。

ウラニウム爆弾だの、死の灰だの、血なまぐさい話をしたあとでは、この山の辺《へ》の静けさがなにかありがたくて、サト子は涙を落すところだった。

解説

町《まち》田《だ》　康《こう》（作家・ミュージシャン）

久生十蘭《ひさおじゅうらん》の名前を初めて目にしたのは今（令和五年四月）から恰度《ちょうど》四十五年前、当時、先鋭的な音楽活動を行っていたs-kenという人のインタビュー記事を読んでいる時であった。

何度か聴いたことがある、その人のバンドは「魔都」という題の楽曲を演奏しており、それについてs-kenは「久生十蘭の同名の小説の影響下、作詞作曲した」と語っていたのである。

その曲がどんな曲だったか、精《くわ》しくは覚えていないが、耽美《たんび》的で頽廃《たいはい》的な、糜爛《びらん》したような都市の様相を想起させる曲で、サビのようなところで「魔都」と言うのが印象に残っている。

それから何年か経って、その頃、住んでいたアパートの隣の隣の学生の部屋に「地底獣国」と題した文庫本があり、「なんじゃ、こら」と手に取ると作者が久生十蘭であったので、「あー、これがあのs-kenが言っておった久生十蘭か」と思い、それを借りて読んだのである。というのは嘘で、直ぐには読まなかった。なんとなれば、その「地底獣国」という題名が、なにかこう嘘くさいというか、子供だましの空想科学小説のように思われて、それを思えば「魔都」という題も陋劣《ろうれつ》な三流の映画の題のように思えてきて、「いやさ、これは僕の読みたいものではないのかも知れぬ」という感じで敬遠してしまったのである。だけど。

或《あ》る時、閑《ひま》で閑で仕方なく、手に取って読み出すや、その筋のおもしろさに忽《たちま》ち引きこまれて夢中で読み耽《ふけ》り、「いやさ、これこそ僕の読みたいものだよ」という感じで崇拝者になってしまった。

で今、自分は、筋のおもしろさに引きこまれて、と書いた。それは、それそのものは他にないおもしろさで、なぜその筋のおもしろさが他にないものなのか、という事には少しばかり心当たりがあるのだけれども、それよりなにより若い自分がまず惹《ひ》かれたのは、言葉そのもの、言葉遣いのおもしろさであった。というのは例えば、「地底獣国」。これの中に極悪な侵略計画のことを、「陰険辛辣《しんらつ》なる」とする表現があって、若い自分はこの表現に痺《しび》れた。なぜなら、それはその時、そして今も自分が考える陰険という言葉、そして辛辣という言葉が指し示す範囲を超えて、だけど内容にぴったり嵌《は》まる実に格好いい言葉遣いであるからである。爾来《じらい》、自分はこの、「陰険辛辣なる」という語彙《ごい》を自在自由に使えるようになりたい、と願って生きてきた。

と言うとその表現だけが突出しているように聞こえるが、そんなことはなくて、そういう風にぐっとくる言い回しが到るところにあってその都度、悶絶《もんぜつ》しながら読んだ。それは自分にとって、自分が普段、何気なく使っているオートマチックな語彙と、その言葉の本来の意味、或《ある》いはその歴史的な背景との距離を知ることであり、その距離を自由にコントロールして文章を綴《つづ》ることの妙を体感することであった。

そうして読むうち右に言った、題の臭み、もまた作者の企《たくら》みであるかも知れないと思うに到った。というのは、人間は低俗なものと高尚なものがある場合、高尚なものの方が偉いと自動的に思ってしまう。だから苦労して拵《こしら》えた作物に題を付ける場合などはなるべく高尚な、「天上の虹《にじ》」みたいな感じの題を付け、「ドスケベ天国」といったような題は付けない。その時、「その、上に思われたい、という心の働きこそが低俗なんじゃないのか」というバランス感覚のようなものが作者の中で作動してこうしたタイトルを付けたのではないか、と自分は勝手に思い込み、その一方に（この場合は高尚ぶりに）傾かない平坦《へいたん》な心に憧《あこが》れを抱いたのである。

そしてその事は物語・筋のおもしろさにも関係しているのではないかとも思う。どういう事かと言うと、筋というものは一般に低俗なものとして扱われる。なんとなれば筋に対する興味というのは、そもそもが好奇心・野次馬根性が根底にあり、人が物語の筋を追う時、その根底にある動機は、俗悪なワイドショーなどを見る時の動機となんら変わらないからである。それ故、「僕はもっと高尚な文学を追究するのさ。もっと人間の根底を抉《えぐ》るような」と嘯《うそぶ》いて筋を軽視する態度がより格好いい、と思う人も出てくる。それに対して、「だけど。そんなことを言うけれども。その人間の根底に俗悪な性根があり、その俗悪な性根に突き動かされ、それによって時代が動き、歴史が動いている以上、小説もまた低俗にならざるを得ないのではないかね。と言うか。小説ってそもそもそういうものなのではないかな」というバランス感覚が働いて、筋をおもしろくしている、という事である。そして。

おもしろい筋をおもしろく表そうとすると当然のこと乍《なが》ら展開が早くなる。その間にある事をいちいち表現していたら、おもしろくない現実に接近しすぎてしまうからである。しかしだからといって、あまりにも展開を目まぐるしくすると現実味が失われ、御都合主義的な展開になってしまう。そこでその中庸を行こうとすると、たいしておもしろくもなく、しかも現実味もあまり感じられないカスみたいな作物になってしまう。

しかるに例えばこの「あなたも私も」を読めば、その息をもつかせぬ急な展開に次ぐ展開に驚き惑いつつ、その成り行きに御都合主義ではまったくない現実味を感じて、読むのをやめられなくなるのだが、ここにはいったい如何《いか》なる魔術が施されてあるのであろうか。自分は四つくらいのことがあるのではないかと考える。

その一はその計算力で、人が思いもよらない展開を次々と繰り出して破綻《はたん》なく結末に導くには緻密《ちみつ》な計算が必要になってくる。だけどそれに優れた人はごまんと居て、それだけなら、結末がわかった上での二読三読、に堪えられるものではない。そこでそれに加えてあるのが、その二、文章力で、この二つを兼ね備えるという事はまずほとんどない事なのだけれども、「あなたも私も」においてはそれが二つとも備わっており、それ自体がもはや魔術的なのである。

だけど、その上にもうひとつあるその三とその四、実はこれがもっとも重要で、これさえあれば、もしかしたらその一もその二も必要ないのではないか、いやさ、これがなければその一とその二があって、読むものを楽しませることはできても、それ以上の意味はないのではないかと思われる事、があって、それは何かというと、

その三、わかりやすい正義や道徳に依拠せず、現実の中にある人間の欲心や不道徳を直視して、その欲心や不道徳の底の底で泥にまみれて底光りしてあるような人間の純一なもの、「あなたも私も」で言うなら、莫大《ばくだい》な富を巡る策謀や裏切り、冷徹な大国の思惑、親を思う人間の情や秘めたる愛など、を大袈裟《おおげさ》な言葉を用いず、ことさらな大声でなく描く事、そして、

その四、それら悪徳や純一なものから作者として一定の距離を保ち、それらをモンタージュして一幅の絵と為《な》すバランス感覚、言い換えるなら、ともすれば畸形《きけい》的な感

覚が尊ばれる芸術の世界にあって正常な感覚を保つ事、である。

となるともはやこれは魔術ではなく奇蹟《きせき》であると言えるが、それを敢《あ》えて魔術のように見せるのもまた魔術であるのかも知れず、どこまで行っても無限の仕掛けが施されてある久生十蘭の小説の魅力に自分は永久に抗《あらが》えないのである。

本書は、二〇一一年六月に国書刊行会より刊行された『定本久生十蘭全集9』を底本としました。

本文中には、女中、不具者、漁夫、血統、めくら、気ちがい、オールドミス、パンスケ、アメ公、乞食、内地、労務者、外人、メカケ、第三国人、白痴美、給仕など、今日の人権擁護の見地に照らして使うべきではない語句や不適切と思われる表現があります。しかしながら、作品全体として差別を助長する意図はなく、執筆当時の時代背景や社会世相、また著者が故人であることを考慮の上、原文のままとしました。

（編集部）

あなたも私《わたし》も

久生十蘭《ひさおじゅうらん》

令和5年 6月25日 初版発行

発行者●山下直久

発行●株式会社KADOKAWA
〒102-8177 東京都千代田区富士見2-13-3
電話 0570-002-301(ナビダイヤル)

角川文庫 23693

印刷所●株式会社暁印刷
製本所●本間製本株式会社

表紙画●和田三造

Printed in Japan
ISBN 978-4-04-113778-9 C0193

◇◇◇

角川文庫発刊に際して

角　川　源　義

第二次世界大戦の敗北は、軍事力の敗北であった以上に、私たちの若い文化力の敗退であった。私たちの文化が戦争に対して如何に無力であり、単なるあだ花に過ぎなかったかを、私たちは身を以て体験し痛感した。西洋近代文化の摂取にとって、明治以後八十年の歳月は決して短かすぎたとは言えない。にもかかわらず、近代文化の伝統を確立し、自由な批判と柔軟な良識に富む文化層として自らを形成することに私たちは失敗して来た。そしてこれは、各層への文化の普及滲透を任務とする出版人の責任でもあった。

一九四五年以来、私たちは再び振出しに戻り、第一歩から踏み出すことを余儀なくされた。これは大きな不幸ではあるが、反面、これまでの混沌・未熟・歪曲の中にあった我が国の文化に秩序と確たる基礎を齎らすためには絶好の機会でもある。角川書店は、このような祖国の文化的危機にあたり、微力をも顧みず再建の礎石たるべき抱負と決意とをもって出発したが、ここに創立以来の念願を果すべく角川文庫を発刊する。これまで刊行されたあらゆる全集叢書文庫類の長所と短所とを検討し、古今東西の不朽の典籍を、良心的編集のもとに、廉価に、そして書架にふさわしい美本として、多くのひとびとに提供しようとする。しかし私たちは徒らに百科全書的な知識のジレッタントを作ることを目的とせず、あくまで祖国の文化に秩序と再建への道を示し、この文庫を角川書店の栄ある事業として、今後永久に継続発展せしめ、学芸と教養との殿堂として大成せんことを期したい。多くの読書子の愛情ある忠言と支持とによって、この希望と抱負とを完遂せしめられんことを願う。

一九四九年五月三日

角川文庫ベストセラー

羅生門・鼻・芋粥　芥川龍之介

荒廃した平安京の羅生門で、死人の髪の毛を抜く老婆の姿に、下人は自分の生き延びる道を見つける。表題作「羅生門」をはじめ、初期の作品を中心に計18編。芥川文学の原点を示す、繊細で濃密な短編集。

蜘蛛の糸・地獄変　芥川龍之介

地獄の池で見つけた一筋の光はお釈迦様が垂らした蜘蛛の糸だった。絵師は愛娘を犠牲にして芸術の完成を追求する。両表題作の他、「奉教人の死」「邪宗門」など、意欲溢れる大正7年の作品計8編を収録する。

杜子春　芥川龍之介

人間らしさを問う「杜子春」、梅毒に冒された15歳の南京の娼婦を描く「南京の基督」、姉妹と従兄の三角関係を叙情とともに描く「秋」他「黒衣聖母」「或敵打の話」などの作品計17編を収録。

トロッコ・一塊の土　芥川龍之介

写実の奥を描いたと激賞される「トロッコ」、一つの事件に対する認識の違い、真実の危うさを冷徹な眼差しで綴った「報恩記」、農民小説「一塊の土」ほか芥川文学の転機と言われる中期の名作21篇を収録。

或阿呆の一生・侏儒の言葉　芥川龍之介

時代を先取りした「見えすぎる目」がもたらした悲劇。自らの末期を意識した凄絶な心象が描かれた遺稿「歯車」「或阿呆の一生」、最後の評論「西方の人」、箴言集「侏儒の言葉」ほか最晩年の作品を収録。

角川文庫ベストセラー

海と毒薬　遠藤周作

腕は確かだが、無愛想で一風変わった中年の町医者、勝呂。彼には、大学病院時代の忌わしい過去があった。第二次大戦時、戦慄的な非人道的行為を犯した日本人。その罪責を根源的に問う、不朽の名作。

伊豆の踊子　川端康成

孤独の心を抱いて伊豆の旅に出た一高生は、旅芸人の十四歳の踊り子にいつしか烈しい思慕を寄せる。青春の慕情と感傷が融け合って高い芳香を放つ、著者初期の代表作。

雪国　川端康成

国境の長いトンネルを抜けると雪国であった。「無為の孤独」を非情に守る青年・島村と、雪国の芸者・駒子の純情。魂が触れあう様を具に描き、人生の哀しさ美しさをうたったノーベル文学賞作家の名作。

檸檬　梶井基次郎

私は体調の悪いときに美しいものを見るという贅沢をしたくなる。香りや色に刺激され、丸善の書棚に檸檬一つを置き――。現実に傷つき病魔と闘いながら、繊細な感受性を表した表題作など14編を収録。

愛がなんだ　角田光代

OLのテルコはマモちゃんにベタ惚れだ。彼から電話があれば仕事中に長電話、デートとなれば即退社。全てがマモちゃん最優先で会社もクビ寸前。濃密な筆致で綴られる、全力疾走片思い小説。